（唐）白居易 撰

宋本白氏文集

第二册

國家圖書館出版社

第二册目録

卷八　閑適四

卷九　感傷一

卷一〇　感傷二

卷一一　感傷三

卷一二 感傷四

卷一三　律詩一

卷一四 律詩二

白氏文集卷第八　閑適四

古調詩五言　凡五十七首

長慶二年七月自中書舍人出守杭州路次藍溪作

太原一男子自顧庸且鄙老逢不次恩洗拔出泥滓既居可言地
願助朝庭理伏閤三上章戇愚不稱旨聖人存大體優貸容不
死鳳詔停舍人魚書除刺史冥懷齊寵辱委順隨行止我自
得此心于茲十年矣餘杭乃名郡郡郭臨江汜已想海門山潮聲
來入耳昔予貞元末羈旅曾遊此甚覺太守尊亦諳魚酒美因
生江海興每羨滄浪水尚擬拂衣行況今兼祿仕青山峯巒接
白日烟塵起東道既不通改轅遂南指自秦窮楚越浩蕩五千
里聞有賢主人而多好山水是行頗為愜所歷良可紀策馬度
藍溪勝遊從此始

初出城留別

朝從紫禁歸暮出青門去勿言城東陌便是江南路揚鞭簇車

馬揮手辭親故我生本無鄉心安是歸處

過駱山人野居小池（駱生棄官居此二十餘年）

茅覆環堵亭泉添方丈沼紅芳照水荷白頸觀魚鳥拳石苔蒼翠尺波烟杳渺但問有意無勿論池大小門前車馬路奔走無昏曉名利驅人心賢愚同擾擾善哉駱處士安置身心了何乃獨多君丘園居者少

宿清源寺

往謫潯陽去夜憩輞溪曲今爲錢塘行重經茲寺宿尒来幾何歲溪草二八緑不見舊房僧蒼然新樹木虛空走日月世界遷陵谷我生寄其間孰能逃倚伏隨緣又南去好住東廊竹

宿藍橋對月

昨夜鳳池頭今夜藍溪口明月本無心行人自迴首新秋松影下半夜鍾聲後清影不宜昏聊將茶代酒

自望秦赴五松驛馬上偶睡睡覺成吟

長途發已久前館行未至體倦目已昏瞌然遂成睡右袂尚垂鞭左手暫委轡忽覺問僕夫纔行百步地形神分處所遲速相乖異馬上幾多時夢中無限事誠哉達人語百齡同一寐

鄧州路中作

蕭蕭誰家林秋梨葉半坼漠漠誰家園秋韭花初白路逢故里物使我嗟行役不歸渭北村又作江南客去鄉徒自苦濟世終無益自問波上萍何如澗中石

朱藤杖紫驄吟

拄上山之上騎下山之下江州去日朱藤杖忠州歸日紫驄馬天生二物濟我窮我生合是棲棲者

桐樹館重題

堦前下馬時梁上題詩處慘澹病使君蕭疎老松樹自嗟還自

哂又向杭州去

過紫霞蘭若

我愛此山頭及此三登歷紫霞舊精舍寥落空泉石朝市日喧隘雲林長悄寂猶存住寺僧肯有歸山客

感舊紗帽　帽即故李侍郎所贈

昔君烏紗帽贈我白頭翁帽今在頂上君已歸泉中物故猶堪用人亡不可逢岐山今夜月墳樹正秋風

思竹窗

不憶西省松不憶南宮菊西省大院有松南宮本廳多菊唯憶新昌堂蕭蕭北窗竹窗間枕簟在來後何人宿

馬上作

處世非不遇榮身頗有餘勳為上柱國爵乃朝大夫自問有何才兩入承明廬又聞有何政再駕朱輪車矧予東山人自

惟朴且踈彈琴復有酒但慕嵇阮徒闇被鄉里薦誤上賢能書一列朝士籍遂爲世網拘高有罾繳憂下有陷穽虞每覺宇宙窄未嘗心體舒蹉跎二十年頷下生白鬚何言左遷去尚獲專城居杭州五千里往若投淵魚雖未脫簪組且來汎江湖吳中多詩人亦不少酒酤高聲詠篇什大笑飛盃盂五十未全老尚可且歡娛用茲送日月君以爲何如秋風起江上白日落路隅迴首語五馬去矣勿踟躕

秋蝶

秋花紫蒙蒙秋蝶黃茸茸花低蝶新小飛戲叢西東日暮涼風來紛紛花落叢夜深白露冷蝶已死叢中朝生夕俱死氣類各相從不見千年鶴多栖百丈松

登商山最高頂

高高此山頂四望唯烟雲下有一條路通達楚與秦或名誘其

心或利牽其身乘者及負者來去何云云我亦斯人徒未能出
囂塵七年三往復何得笑他人

枯桑

道傍老枯樹枯來非一朝皮黃外尚活心黑中先焦有似多
憂者非因外火燒

山路偶興

筋力未全衰僕馬不至弱又多山水趣心賞非寂寞捫蘿上
烟嶺蹋石穿雲壑谷鳥晚仍啼洞花秋不落提籠復携榼
遇勝時停泊泉憩茶數甌嵐行酒一酌獨吟還獨嘯此
興殊未惡假使在城時終年有何樂

山雉

五步一啄草十步一飲水適性遂其生時哉山梁雉梁上無罾繳
梁下無鷹鸇雌雄与群鶵皆得終天年嗟嗟籠下雞及彼

池中鷹既有稻粱恩必有犧牲患

初下漢江舟中作寄兩省給舍

秋水淅紅粒朝烟烹白鱗一食飽至夜一卧安達晨晨無朝謁勞夜無直宿勤不知兩掖客何似扁舟人尚想到郡日且稱守土臣猶須副憂寄恤隱安疲民朞年庶報政三年當退身終使滄浪水濯吾纓上塵

自蜀江至洞庭湖口有感而作

江從西南來浩浩無旦夕長波逐若瀉連山鑿如劈千年不壅潰万姓無墊溺不尔民爲魚大哉禹之績導岷既艱遠距海無咫尺胡爲不訖功餘水斯委積洞庭与青草大小兩相敵混合万丈深淼茫千里白每歲秋夏時浩大吞七澤水族窟穴多農人土地窄我今尚嗟嘆禹豈不愛惜邈未究其由想古觀遺跡疑此苗人頑恃險不終役帝亦無奈何留患与今昔水流天地内如身有血脉

滯則爲疽疣治之在鍼石安得禹復生爲唐水官伯手提倚天劍
重來親指畫疏流似翦紙決壅同裂帛滲作膏腴田踏平魚
鱉宅龍宫變閭里水府生禾麦坐添百万戶書我司徒籍

初領郡政衙退登東樓作 自此後詩到杭州後作

鰥惸心所念簡牘手自操何言符竹貴未免州縣勞賴是餘
杭郡臺榭遶官曹凌晨親政事向晚恣遊遨山冷微有雪波平
未生濤水心如鏡面千里無纖毫直下江最闊近東樓更高煩
襟与滯念一望皆遁逃

清調吟

索索風戒寒沉沉日藏燿勸君飲濁醪聽我吟清調芳節變
窮陰朝光成夕照与君生此世不合長年少今晨從此過明日
安能料若不結跏禪即須開口笑

狂歌詞

明月照君席白露霑我衣勸君酒盃滿聽我狂歌詞五十巳後衰二十巳前癡晝夜又分半其間幾何時生前不歡樂死後有餘貲焉用黃墟下珠衾玉匣爲

郡亭

平旦起視事亭午卧掩關除親簿領外多在琴書前況有虛白亭坐見海門山潮來一凭檻賓至一開筵終朝對雲水有時聽管絃持此聊過日非忙亦非閑山林太寂寞朝闕空喧煩唯茲郡閤内囂靜得中間

詠懷

昔爲鳳閣郎今爲二千石自覺不如今人言不如昔昔雖居近密終日多憂惕有詩不敢吟有酒不敢喫今雖在踈遠竟歲無牽役飽食坐終朝長歌醉通夕人生百年内疾速如過隙先務身安閑次要心歡適事有得而失物有損而益所以見道人觀

心不觀跡

立春後五日

立春後五日春態紛婀娜白日斜漸長碧雲低欲墮殘冰坼玉片新蕚排紅顆遇物盡欣欣愛春非獨我迎芳後園立就暖前簷坐還有惆悵心欲別紅爐火

郡中即事

漫漫潮初平熙熙春日至空闊遠江山晴明好天氣外有適意物中無繫心事數篇對竹吟一盃望雲醉行携杖扶力卧讀書取睡久養病形骸深諳閑氣味遥思九城陌擾擾趍名利今朝是隻日朝謁多軒騎寵者防悔尤權者懷憂畏爲報高車蓋恐非眞富貴

郡齋暇日辱常州陳郎中使君早春晚坐水西館書事詩十六韻見寄亦以十六韻酬之

新年多暇日晏起褰簾坐睡足心更慵日高頭未裹徐傾下藥酒

稍爇煎茶火誰伴寂寥身無絃琴在左遥思毗陵館春深物嫋娜波拂黄柳梢風揺白梅朶衙門排曉戟鈴閣開朝鎖太守水西來朱衣垂素舸良晨不易得佳會無由果五馬正相望雙魚忽前墮魚中獲瑰寶持翫何磊砢一百六十言字字靈珠顆上申心款曲下叙時轗軻才富不如君道孤還似我敢辭官遠慢且貴身安妥勿復問榮枯冥心無不可

官舍

高樹換新葉陰陰覆地隅何言太守宅有似幽人居太守卧其下閑慵兩有餘起嘗一甌茗行讀一卷書早梅結青實殘櫻落紅珠稚女弄庭果嬉戲牽人裾是日晚弥靜巢禽下相呼嘖嘖護兒鵲啞啞母子烏豈唯云鳥尓吾亦引吾鶵

吾鶵

吾鶵字阿羅阿羅纔七齡嗟吾不才子怜汝無弟兄撫養雖

驕騃性識頗聰明學毋畫眉樣效吾詠詩聲我齒今欲墮汝
齒昨始生我頭髮盡落汝頂髻初成老幼不相待父衰汝孩嬰
緬想古人心茲愛亦不輕蔡邕念文姬于公歎緹縈敢求得
汝力但未忘父情

題小橋前新竹招客

鴈齒小虹橋垂簷低白屋橋前何所有苒苒新生竹皮開拆
褐錦節露抽青玉筍翠如可飡粉霜不忍觸閑吟聲未已
幽翫心難足管領好風烟輕欺凡草木誰能有月夜伴我林
中宿爲君傾一盃狂歌竹枝曲

病中逢秋招客夜酌

不見詩酒客卧來半月餘合和新藥草尋檢舊方書晚霽
烟景度早凉窗戶虛雪生衰鬢久秋入病心初卧簟蘄竹冷
風襟邛葛疎夜來身校健小飲復何如

食飽

食飽拂枕卧睡足起閑吟淺〻酌一盃酒緩彈數弄琴既可暢
情性亦足傲光陰誰知利名〻盡無復長安心

嚴十八郎中在郡日改制東南樓因名清輝未立標牓徵歸
郎署予既到郡性愛樓居宴遊其間頗有幽致聊成
十韻兼戲寄嚴

嚴郎制茲樓立名曰清輝未及署花牓遽徵還粉闈去來三四
年塵土登者稀今春新太守掃洒施簾幃院柳烟婀娜簷花雪
霏微看山倚前戶待月闌東扉碧窗戛瑤瑟朱欄飄舞衣
燒香卷幕坐風鷰雙〻飛君作不得住我來幸因依始知
天地間靈境有所歸

南亭對酒送春

含桃實已落紅薇花尚熏冉冉三月盡晚鶯城上聞獨持一盃

酒南亭送殘春半酣忽長歌歌中何所云云我五十餘未是苦老人刺史二千石亦不為賤貧天下三品官多老於我身同年登第者零落無一分親故半為鬼僮僕多見孫念此聊自解逢酒且歡欣

翫新庭樹因詠所懷

靄靄四月初新樹葉成陰動搖風景麗蓋覆庭院深下有無事人竟日此幽尋豈惟翫時物亦可開煩襟時与道人語或聽詩客吟度春足芳色入夜多鳴禽偶得幽閑境遂忘塵俗心始知真隱者不必在山林

仲夏齋戒月

仲夏齋戒月三旬斷腥羶自覺心骨爽行起身翩翩始知絶粒人四體更輕便初能脫病患久必成神仙御寇馭泠風赤松游紫烟常疑此說謬今乃知其然我年過半百氣衰神不全已垂兩鬢絲難補三丹田但減葷血味稍結淸淨緣脫巾且修養聊以終天年

除官去未間

除官去未間半月悠游討朝尋霞外寺暮宿波上島新樹少
於松平湖半連草躋攀有次第賞翫無昏早有時騎馬醉兀
兀冥天造窮通与生死其奈吾懷抱江山信爲美齒髮行將老
在郡誠未猒 平 歸鄉去亦好

三年爲刺史二首

三年爲刺史無政在人口唯向郡城中題詩十餘首慙非甘
棠詠豈有思人不
三年爲刺史飲氷復食蘗唯向天竺山取得兩片石此抵有
千金無乃傷清白

別萱桂

使君竟不住萱桂徒栽種桂有留人名萱無忘憂用不如江畔月
步步來相送

自餘杭歸宿淮口作

爲郡已多暇猶少勤吏職罷郡更安閑無所勞心力舟行明月下夜泊清淮北豈止吾一身舉家同燕息三年請祿俸頗有餘衣食乃至僮僕閒皆無凍餒色行行弄雲水步步近鄉國妻子在我前琴書在我側此外吾不知於焉心自得

舟中李山人訪宿

日暮舟悄悄烟生水沉沉何以延宿客夜酒与秋琴來客道門子來自嵩高岑軒軒舉雲貌豁豁開清襟得意言語斷入玄滋味深默然相顧哂心適而忘心

洛下卜居

三年典郡歸所得非金帛天竺石兩片華亭鶴一隻飲啄供稻粱苞裹用茵席誠知是勞費其奈心愛惜遠從餘杭郭同到洛陽陌下擔拂雲根開籠展霜翮貞姿不可雜高性宜

其適遂就無塵坊仍求有水宅東南得幽境樹老寒泉碧池畔多竹陰門前少人跡未請中庶祿且脫雙驂易買履道宅價不足因以兩馬償之豈獨爲身謀安吾鶴与石

洛中偶作自此後在東都作

五年職翰林四年涖潯陽一年巴郡守半年南宮郎二年直綸閣三年刺史堂凡此十五載有詩千餘章境興周万象土風備四方獨無洛中作能不心悵悵今爲春官長始來遊此鄉徘徊伊澗上睥睨嵩少傍遇物輒一詠一詠傾一觴筆下成釋憾卷中同補亡往往顧自哂眼昏鬚鬢蒼不知老將至猶自放詩狂

贈蘇少府

籍甚二十年今日方款顔相送嵩洛下論心盃酒間河亞嬾出入府寮多閑闕蒼髮彼此老白日尋常閑朝欲攜手出暮思聯騎還何當挈一榼同宿龍門山

移家入新宅

移家入新宅罷郡有餘資既可避燥濕復免憂寒飢疾平未還假官閑得分司幸有祿俸在而無職役羈清旦盥漱畢開軒卷簾幃家人及雞犬隨我亦熙熙取興或寄酒放情不過詩何必苦修道此即是無爲外累信已遣中懷時有思有思一何遠默坐低雙眉十載囚竄客万里征戍兒春朝鏁籠鳥冬夜支床龜驛馬走四蹄痛酸無歇期磑牛封兩目闇閉何人知誰能脫放去四散任所之各得適其性如吾今日時

琴

置琴曲机上慵坐但含情何煩故揮弄風絃自有聲

鶴

人各有所好物固無常宜誰謂尔能舞不如閑立時

自詠

夜鏡隱白髮朝酒發紅顏可怜假年少自笑須臾間朱砂賤如土不解燒爲丹玄鬢化爲雪未聞休得官咄哉箇丈夫心性何墮頑但遇詩与酒便忘寢与飡高聲發一吟似得詩中仙引滿飲一盞盡忘身外緣昔有醉先生席地而幕天于今居處在許我當中眠眠罷又一酌酌罷又一篇迴面顧妻子生計方落然誠知此事非又過知非年豈不欲自改改即心不安且向安處去其餘皆老閑

林下閑步寄皇甫庶子

扶杖起病初策馬立未任旣懶出門去亦無客來尋以此遂成閑閑步遶園林天曉烟景淡樹寒鳥雀深一酌池上酒數聲竹間吟寄言東曹長當知幽獨心

晏起

鳥鳴庭樹上日照屋簷時老去慵轉極寒來起尤遲厚薄

被適性高低枕得宜神安體穩暖此味何人知睡足仰頭坐兀然無所思如未鑿七竅若都遺四肢緬想長安客早朝霜滿衣彼此各自適不知誰是非

池畔二首

結（犯御嫌名）池西廊疏理池東樹此意人不知欲爲待月處

持刀間密竹竹少風來多此意人不會欲令池有波

春葺新居

江州司馬日忠州刺史時栽松滿後院種柳蔭前墀彼皆非吾土栽種尚忘疲況茲是我宅葺藝固其宜平旦領僕使乘春親指揮移花夾暖室洗竹覆寒池池水變淥色池芳動清輝尋芳弄水坐盡日心熙熙一物苟可適万緣都若遺設如宅門外有事吾不知

贈言

捧籯獻千金彼金何足道臨觴贈一言此言真可寶流光我已晚適意君不早況君春風面柔促如芳草二十方長成三十向衰老鏡中桃李色不得十年好胡爲坐脉脉不肯傾懷抱

泛春池

白蘋湘渚曲綠篠剡溪口各在天一涯信美非吾有何如此庭內水竹交左右霜竹百千竿烟波六七畝泓澄動堦砌淡泞映戶牖蛇皮細有文鏡面清無垢主人過橋來雙童扶一叟恐污清冷波塵纓先抖擻波上一葉舟舟中一樽酒酒開舟不繫去去隨所偶或遶蒲浦前或泊桃島後未撥落盃花低衝拂面柳半酣迷所在倚撈兀迴首不知此何處復是人寰否誰知始疏鑿幾主相傳受楊家去云遠田氏將非久天与愛水人終焉落吾手此池始楊常侍開鑿中間田家爲主予今有之蒲浦桃島皆池上所有

白氏文集卷第八

白氏文集卷第九　感傷一　古調詩五言 五十五首

西明寺牡丹花時憶元九

前年題名處今日看花來一作芸香吏三見牡丹開豈獨花堪惜方知老暗催何況尋花伴東都去未迴詎知紅芳側春盡思悠哉

傷楊弘貞 鶴一作蛇

顏子昔知命仲尼惜其賢楊生亦好學不幸復徒然誰識天地意獨与龜鶴年 復徒然一作今復然

權攝昭應早秋書事寄元拾遺兼呈李司録

夏閏秋候早七月風騷騷渭川烟景晚驪山宮殿高丹殿子司諫赤縣我徒勞相去半日程不得同遊遨到官來十日覽鏡生二毛可怜趍走吏塵土滿青袍郵傳擁兩驛簿書堆六曹為問綱紀掾何必使鉛刀

新栽竹

佐邑意不適閑門秋草生何以娛野性種竹百餘莖見此溪上色
憶得山中情有時公事暇盡日繞欄行勿言根未固勿言陰未
成已覺庭宇內稍稍有餘清最愛近窻卧秋風枝有聲

秋霖中遇尹縱之仙遊山居

慘慘八月暮連連三日霖邑居尚愁寂況乃在山林林下有志士
苦學惜光陰歲晚千万慮并入方寸心巖鳥共旅宿草蟲伴
愁吟秋天牀席冷雨夜燈火深怜君寂寞意攜酒一相尋

寄江南兄弟

分散骨肉戀趨馳名利牽一奔塵埃馬一汎風波舩忽憶分首
時憫默秋風前別來朝復夕積日成七年花落城中地春深江
上天登樓東南望鳥滅烟蒼然相去復幾許道里近三千平
地猶難見況乃隔山川

曲江早秋 三年作

秋波紅蓼水夕照青蕪岸獨信馬蹄行曲江池四畔早凉晴後至
殘暑暝來散方喜炎燠銷復嗟時節換我年三十六冉冉昏
復旦人壽七十稀七十新過半且當對酒笑勿起臨風歎

寄題盩厔廳前雙松（兩松自仙遊山移植縣廳）

憶昨爲吏日折腰多苦辛歸家不自適無計慰心神手栽兩
樹松聊以當（去）嘉賓乗春日一往生意漸欣欣清韻度秋在
綠茸隨日新始怜澗底色不憶城中春有時晝掩關雙影對
一身盡日不寂寞意中如三人忽奉宣室詔徵爲文苑臣閑來一惆悵
長似別交親早知烟翠前攀翫不逡巡悔從白雲裏移尒落囂塵

翰林院中感秋懷王質夫（王居仙遊山）

何處感時節新蟬禁中聞宮槐有秋意風夕花紛紛寄跡鴛鸞
鷺行歸心鷗鶴群唯有王居士知予憶白雲何日仙遊寺潭前秋見君

禁中月

海上明月出禁中清夜長東南樓殿白稍稍上宮牆淨落金塘水明浮玉砌霜不比人間見塵土汚清光

贈賣松者

一束蒼蒼色知從澗底來斸掘經幾日枝葉滿塵埃不買非他意城中無地栽

初見白髮

白髮生一莖朝來明鏡裏勿言一莖少滿頭從此始青山方遠別黃綬初從仕未料容鬢間蹉跎忽如此

別元九後詠所懷

零落桐葉雨蕭條槿花風悠悠早秋意生此幽閒中況与故人別中懷正無悰勿云不相送心到青門東相知豈在多但問同不同同心一人去坐覺長安空

禁中秋宿

風翻朱裏幕雨冷通中枕耿耿背斜燈秋床一人寢

早秋曲江感懷

離離暑雲散嫋嫋涼風起池上秋又來荷花半成子朱顏自銷歇白日無窮已人壽不如山年光急於水青蕪与紅蓼歲歲秋相似去歲此悲秋今秋復來此

寄元九

身爲近密拘心爲名檢縛月夜与花時少逢盃酒樂唯有元夫子閑來同一酌把手或酣歌展眉時笑謔今春除御史前月之東洛別來未開顏塵埃滿樽杓蕙風晚香盡槐雨餘花落秋意一蕭條離容兩寂寞況隨白日老共負青山約誰識相念心韝鷹与籠鶴

春暮寄元九

梨花結成實鷰卵化爲雛時物又若此道情復何如但覺日月促不嗟年歲徂浮生都是夢老小亦何殊唯与故人別江陵初

謫居時時一相見此意未全除

早梳頭

夜沐早梳頭窻明秋鏡曉颯然握中髮一沐知一少年事漸蹉跎世緣方繳繞不學空門法老病何由了未得無生心白頭亦爲夭

出関路

山川函谷路塵土游子顏蕭條去國意秋風生故関

别舍弟後月夜

悄悄初别夜去住兩盤（淵聖御名）行子孤燈店居人明月軒平生共貧苦未必日成歡及此暫爲别懐抱已憂煩况是庭葉盡復思山路寒如何爲不念馬瘦衣裳單

新豐路逢故人

塵土長路晚風烟廢宫秋相逢立馬語盡日此橋頭知君不得

意鬱鬱来西游惆悵新豊店何人識馬周

金鑾子晬日

行年欲四十有女曰金鑾生来始周歲學坐未能言慙非達者懷未免俗情怜從此累身外徒云慰目前若無夭折患則有婚嫁牽使我歸山計應遲十五年

青龍寺早夏

塵埃經小雨地高倚長坡日西寺門外景氣含清和閑有老僧立靜無凡客過殘鶯意思盡新葉陰凉多春去来幾日夏雲忽嵯峩朝朝感時節年鬢暗蹉跎胡爲戀朝市不去歸烟蘿青山寸步地自問心如何

秋題牡丹藂

晚藂白露夕衰葉凉風朝紅艷久已歇碧芳今亦銷幽人坐相對心事共蕭條

勸酒寄元九

薤葉有朝露槿枝無宿花君今亦如此促促生有涯既不逐禪僧林下學楞伽又不隨道士山中煉丹砂百年夜分半一歲春無多何不飲美酒胡然自悲嗟俗号銷憂藥神速無以加一盃駈世慮兩盃反天和三盃即酩酊或笑任狂歌陶陶復兀兀吾孰知其他況在名利途平生有風波深心藏陷穽巧言織網羅舉目非不見不醉欲如何

曲江感秋 五年作

沙草新雨地岸柳涼風枝三年感秋意併在曲江池早蟬已嘹唳晚荷復離披前秋去秋思一一生此時昔人三十二秋興已云悲我今欲四十秋懷亦可知歲月不虛設此身隨日衰暗老不自覺直到鬢成絲

酬張太祝晚秋卧病見寄

高才淹禮寺短羽翔禁林西街居處遠北闕官曹深君病不来訪我忙難往尋差池終日別寥落經年心露濕緑蕪地月寒紅樹陰況兹獨愁夕聞彼相思吟上歎言笑阻下嗟時歲侵容衰曉窻鏡思苦秋絃琴一章錦繡段八韻瓊瑤音何以報珍重慙無雙南金

立秋日曲江憶元九

下馬柳陰下獨上堤上行故人千万里新蟬三兩聲城中曲江水江上江陵城兩地新秋思應同此日情

早朝賀雪寄陳山人

長安盈尺雪早朝賀君喜將赴銀臺門始出新昌里上堤馬蹄滑中路蠟燭死十里向北行寒風吹破耳待漏五門外候對三殿裏鬚鬢凍生氷衣裳冷如水忽思仙游谷暗謝陳居士暖覆褐裘眠日高應未起

初與元九別後忽夢見之及寤而書適至兼寄桐花詩悵然感懷因以此寄（元九初謫江陵）

永壽寺中語新昌坊北分歸來數行淚悲事不悲君悠悠藍田路自去無消息計君食宿程已過商山北昨夜雲四散千里同月色曉來夢見君應是君相憶夢中握君手問君意何如君言苦相憶無人可寄書覺來未及說叩門聲冬冬言是商州使送君書一封枕上忽驚起顛倒著衣裳開緘見手扎一紙十三行上論遷謫心下說離別腸心腸都未盡不暇敘炎涼云作此書夜夜宿商州東獨對孤燈坐陽城山館中夜深作書畢山月向西斜月前何所有一樹紫桐花桐花半落時復道正相思殷勤書背後兼寄桐花詩桐花詩八韻思緒一何深以我今朝意憶君此夜心一章三遍讀一句十迴吟珍重八十字字字化為金

和元九悼往（感舊蚊幬作）

美人別君去自去無處尋舊物零落盡此情安可任唯有繐紗幌塵埃日夜侵馨香与顔色不似舊時深透影燈耿耿籠光月沉沉中有孤眠客秋涼生夜衾舊宅牡丹院新墳松柏林夢中咸陽淚覺後江陵心含此隔年恨發爲中夜吟無論君自感聞者欲沾襟

重到渭上舊居

舊居清渭曲開門當蔡渡十年方一還幾欲迷歸路追思昔日行感傷故游處插柳作高林種桃成老樹因驚成人者盡是舊童孺試問舊老人半爲繞村墓浮生同過客前後遞來去白日如弄珠出沒光不住人物日改變舉目悲所遇迴念念我身安得不衰暮朱顔銷不歇白髮生無數唯有山門外三峯色如故

白髮

白髮知時節暗与我有期今朝日陽裏梳落數莖絲家人不慣見憫默爲我悲我云何足怪此意尔不知凡人年三十外壯中己衰但思寢食味已減二十時况我今四十本來形貞羸書魔昏兩眼酒病沉四肢親愛日零落在者仍别離身心久如此白髮生已遲由来生老死三病長相隨除却念無生人間無藥治

秋日

池殘寥落水窻下悠揚日嫋嫋秋風多槐花半成實下有獨立人年来四十一

將之饒州江浦夜泊

明月滿深浦愁人卧孤舟煩寃寢不得夏夜長於秋苦乏衣食資遠爲江海游光陰坐遲暮鄉國行阻修身病向鄱陽家貧寄徐州前事与後事豈堪心併憂憂来起長望但見江水流雲樹藹蒼蒼烟波淡悠悠故園迷處所一念堪白頭

思歸 時初為校書郎

養無晨昏膳隱無伏臘資遂求及親祿僶俛来京師薄俸
未及親別家已經時冬積温席戀春違採蘭期夏至一陰
生稍稍夕漏遲塊然抱愁者夜長獨先知悠悠鄉關路夢去
身不隨坐惜時節變蟬鳴槐花枝

冀城北原作

野色何莽蒼去聲秋聲亦蕭疎風吹黄埃起落日駈征車何代
此開國封疆百里餘古今不相待朝市無常居昔人城邑中
今變為丘墟昔人墓田中今化為里閭廢興相催迫日月互居
諸世變無遺風焉能知其初行人千載後懷古空躊躇

客路感秋寄明準上人

日暮天地冷雨霽山河清長風從西來草木凝秋聲已感歲
倏忽復傷物凋零孰能不惜悽天時牵人情借問空門子何

法易修行使我忘得心不教煩惱生

遊襄陽懷孟浩然

楚山碧巖巖漢水碧湯湯秀氣結成象孟氏之文章今我諷遺文思人至其鄉清風無人繼日暮空襄陽南望鹿門山藹若有餘芳舊隱不知處雲深樹蒼蒼

秋暮西歸途中書情

耿耿旅燈下愁多常少眠思鄉貴早發發在雞鳴前九月草木落平蕪連遠山秋陰和曙色万木蒼蒼然去秋偶東遊今秋始西旋馬瘦衣裳破別家來二年憶歸復愁歸歸無一囊錢心雖非蘭膏安得不自然

秋懷

月出照北堂光華滿階墀涼風從西至草木日夜衰桐柳減綠陰蕙蘭銷碧滋感物私自念我心亦如之安得長少壯盛衰

廹天時人生如石火爲樂常苦遲

別楊頴士盧克柔殷堯藩

倦鳥暮歸林浮雲晴歸山獨有行路子悠悠不知還人生苦營營終日羣動間所務雖不同同歸於不閑扁舟来楚鄉疋馬往秦関離憂繞心曲宛轉如循環且持一盃酒聊以開愁顔

題贈定光上人

二十身出家四十心離塵得徑入大道乘此不退輪一坐十五年林下秋復春春花与秋氣不感無情人我来如有悟潛以心照身誤落闇見中憂喜傷形神安得遺耳目冥然反天真

祇役駱口驛喜蕭侍御書至兼覩新詩吟諷通宵因寄八韻（時爲盩厔尉）

日暮心無悰吏役正營營忽驚芳信至復与新詩幷是時天無雲山館有月明月下讀數遍風前吟一聲一吟三四歎聲

盡有餘清雅哉君子文詠性不詠情使我靈府中鄙悋不得
生始知聽韶濩可使心和平

酬李少府曹長官舍見贈

低摧復斂手心體不遑安一落風塵下方知為吏難公事与
日長上聲官情隨歲闌惆悵青袍袖芸香無半殘賴有李夫
子此懷聊自寬兩心如止水彼此無波瀾往往簿書暇相勸強
為歡白馬曉蹋雪淥觴春暖寒戀月夜同宿愛山晴共看
野性自相近不是為同官

留別

秋涼卷朝簟春暖撤夜衾雖是無情物欲別尚沉吟況與有
情別別隨情淺深二年歡笑意一旦東西心獨留誠可念同行
力不任前事詎能料後期諒難尋唯有潺湲淚不惜共沾衿

曉別

曉鼓聲已半離筵坐難久請君斷腸歌送我和淚酒月落欲明
前馬嘶初別後浩浩暗塵中何由見迴首

北園

北園東風起雜花次第開心知須臾落一日三四來花下豈無酒
欲酌復遲迴所思眇千里誰勸我一盃

惜栯李花 花細而繁色艷而黯亦花中之有思者速衰易落故惜之耳

樹小花鮮妍香繁條軟弱高低二三尺重疊千万萼朝艷藹
霏霏夕凋紛漠漠辭枝朱粉細覆地紅綃薄由來好顏色嘗
苦易銷爍不見莨蕩花狂風吹不落

照鏡

皎皎青銅鏡斑斑白絲鬢豈復更藏年實年君不信

新秋

西風飄一葉庭前颯已涼風池明月水衰蓮白露房其奈

江南夜緜緜自此長

夜雨

早蛩啼復歇殘燈滅又明隔窻知夜雨芭蕉先有聲

秋江送客

秋鴻次第過哀猿朝夕聞是日孤舟客此地亦離群濛濛潤衣雨漠漠冒帆雲不醉潯陽酒烟波愁殺人

感逝寄遠 寄通州元侍御果州崔員外澧州李舍人鳳州李郎中

昨日聞甲死今朝聞乙死知識三分中二分化爲鬼逝者不復見悲哉長已矣存者今如何去我皆萬里平生知心者屈指能有幾通果澧鳳州眇然四君子相思俱老大浮世如流水應歎舊交遊凋零日如此何當一杯酒開眼笑相視

秋月

夜初色蒼然夜深光浩然稍轉西廊下漸滿南窻前況是

綠蕪地復茲清露天落葉聲策策驚烏影翩翩棲禽尚
不穩愁人安可眠

白氏文集卷第九

白氏文集卷第十　感傷二　古調五言 七十八首

朱陳村

徐州古豐縣有村曰朱陳去縣百餘里桑麻青氛氲機梭聲札札牛驢走紜紜女汲澗中水男採山上薪縣遠官事少山深人俗淳有財不行商有丁不入軍家家守村業頭白不出門生爲陳村民死爲陳村塵田中老與幼相見何欣欣一村唯兩姓世世爲婚姻其村唯朱陳二姓而已親疎居有族少長游有羣黃雞與白酒歡會不隔旬生者不遠別嫁娶先近隣死者不遠葬墳墓多遶村既安生與死不苦形与神所以多壽考往往見玄孫我生禮義鄉少小孤且貧徒學辯是非祇自取辛勤世法貴名教士人重官婚以此自桎梏信爲大謬人十歲解讀書十五能屬文二十舉秀才三十爲諫臣下有妻子累上有君親恩承家与事國望此不肖身憶昨旅遊初迨今十五春孤舟三適楚羸馬四經秦晝行有飢

色夜寢無安寃東西不暫住來往若浮雲離乱失故鄉骨肉多散分江南与江北各有平生親平生終日別逝者隔年聞朝憂卧至暮夕哭坐達晨悲火燒心曲愁霜侵鬢根一生苦如此長羨陳村民

讀鄧魴詩

塵架多文集偶取一卷披未及看姓名疑是陶潛詩看名知是君惻惻令我悲詩人多蹇厄近日誠有之京兆杜子美猶得一拾遺襄陽孟浩然亦聞鬢成絲嗟君兩不如三十在布衣擢第祿不及新婚妻未歸少年無疾患溘死於路歧天不與爵壽唯與好文詞此理勿復道巧曆不能推

寄元九 自此後在渭村作

晨雞纔發聲夕雀俄斂翼晝夜往復來疾如出入息非徒改年貌漸覺無心力自念因念君俱爲老所逼君年雖校少顦顇謫南國三年不放歸炎瘴銷顏色山無殺草雪水有含沙蜮健否遠不知

書多隔年得願君少愁苦我亦加飡食各保金石軀以慰長相憶

秋夕

葉聲落如雨月色白似霜夜深方獨臥誰爲拂塵牀

夜雨

我有所念人隔在遠遠鄉我有所感事結在深深腸鄉遠去不得無日不瞻望腸深解不得無夕不思量况此殘燈夜獨宿在空堂秋天殊未曉風雨正蒼蒼不學頭陀法前心安可忘

秋霽

金火不相待炎涼雨中變林晴有殘蟬巢冷無留鷰沉吟卷長簟惻愴收團扇向夕稍無泥閑步青苔院月出砧杵動家家擣秋練獨對多病妻不能理針線冬衣殊未製夏服行將綻何以迎早秋一盃聊自勸

歎老 三首

晨興照清鏡形影兩寂寞少年辭我去白髮隨梳落万化成
於漸漸衰看不覺但恐鏡中顏今朝老於昨人年少滿百不
得長歡樂誰會天地心千齡与龜鶴吾聞善醫者今古稱
扁鵲万病皆可治唯無治老藥

我有一握髮梳理何稠直昔似玄雲光如今素絲色匣中有舊
鏡欲照先歎息自從頭白來不欲明磨拭鵶頭与鶴頸至老長
如墨獨有人鬢毛不得終身黑

前年種桃核今歲成花樹去歲新嬰兒今年已學步但驚
物成長不覺身衰暮去矣欲何如少年留不住因書今日
意徧寄諸親故壯歲不歡娛長年當悔悟

送兄弟迴雪夜

日晦雲氣黃東北風切切時從村南還新与兄弟別離襟淚
猶濕迴馬嘶未歇欲歸一室坐天陰多無月夜長火消盡歲

暮雨凝結寂寞滿爐灰飄零上堦雪對雪畫寒灰殘燈明復滅灰死如我心雪白如我髮所遇皆如此頃刻堪愁絶迴念入坐忘轉憂作禪悦平生洗心法正爲今宵設

溪中早春

南山雪未盡陰嶺留殘白西澗冰已銷春溜含新碧東風來幾日蟄動萌草拆潛知陽和功一日不虛擲愛此天氣暖來拂溪邊石一坐欲忘歸暮禽聲嘖嘖蓬蒿隔桑棗隱映烟火夕歸來問夜飡家人烹薺麥

同友人尋澗花

聞有澗底花貰得村中酒與君來校遲巳逢摇落後臨觴有遺恨悵望空溪口記取花發時期君重攜手我生日日老春色年年有且作來歲期不知身健否

登村東古塚

高低古時冢上有牛羊道獨立最高頭悠哉此懷抱迴頭向村望但見荒田草村人不愛花多種粟與棗自來此村住不覺風光好花少鶯亦稀年年春暗老

夢裴相公

五年生死隔一夕魂夢通夢中如往日同直金鑾宮髣髴金紫色分明冰玉容勤勤相眷意亦與平生同既寤知是夢憫然情未終追想當時事何殊昨夜中自我學心法萬緣成一空今朝為君子流涕一霑胷

晝寢

坐整白單衣起穿黃草屨朝飡盥漱畢徐下堦前步暑風微變候晝刻漸加數院靜地陰陰鳥鳴新葉樹獨行還獨卧夏景殊未暮不作午時眠日長安可度

別行簡

漠漠病眼花星星愁鬢雪筋骸已衰憊形影仍分訣梓州二千
里劒門五六月豈是遠行時火雲燒棧熱何言巾上淚乃是
腸中血念此早歸來莫作經年别

觀兒戲

齠齔七八歲綺紈三四兒弄塵復鬬草盡日樂嬉嬉堂上長
年客鬢間新有絲一看竹馬戲每憶童騃時童騃饒戲樂
老大多憂悲靜念彼與此不知誰是癡

歎常生

西村常氏子卧疾不須臾前旬猶訪我今日忽云殂時我病多
暇與之同野居園林青藹藹相去數里餘村鄰無好客所遇
唯農夫之子何如者往還猶勝無于今亦已矣可爲一長吁

寄元九

一病經四年親朋書信斷窮通合易交自笑知何晚元君在

荊楚去日唯云遠彼獨是何人心如石不轉憂我貧病身書來唯勸勉上言少愁苦下道加飧飯憐君爲謫吏窮薄家貧褊三寄衣食資數盈二十萬豈是貪衣食感君心繾綣念我口中食分君身上暖不因身病久不因命多蹇平生親友心豈得知深淺

以鏡贈別

人言似明月我道勝明月明月非不明一年十二缺豈如玉匣裏如水長澄澈月破天暗時圓明獨不歇我慚貌醜老繞鬢班班雪不如贈少年迴照青絲髮因君千里去持此將爲別

城上對月期友人不至

古人惜晝短勸令秉燭遊況此迢迢夜明月滿西樓復有盈樽酒置在城上頭期君君不至人月兩悠悠照水烟波白照人肌髮秋清光正如此不醉即須愁

念金鑾子 二首

衰病四十身嬌癡三歲女非男猶勝無慰情時一撫一朝捨我去魂影無處所況念夭化時嘔啞初學語始知骨肉愛乃是憂悲聚唯思未有前以理遣傷苦忘懷日已久三度移寒暑今日一傷心因逢舊乳母

又

與爾爲父子八十有六旬忽然又不見邇來三四春形質本非實氣聚偶成身恩愛元是妄緣合暫爲親念兹庶有悟聊用遣悲辛慙將理自奪不是忘情人

對酒

人生一百歲通計三萬日何況百歲人人間百無一賢愚共零落貴賤同埋没東岱前後魂北邙新舊骨復聞藥誤者爲愛延年術又有憂死者爲貪政事牽藥誤不得老憂死

非因疾誹人言最靈知得不知失何如會親友歓此盃中物能沃煩慮銷能陶眞性出所以劉阮輩終年醉兀兀

渭村雨歸

渭水寒漸落離離蒲稗苗閑旁沙邊立看人刈葦苕近水風景冷晴明猶寂寥復茲夕陰起野思重蕭條蕭條獨歸路暮雨濕村橋

諭懷

黑頭日已白白面日已黑人生未死間變化何終極常言在己者莫若形與色一朝改變來止遏不能得況彼身外事悠悠通與塞

喜友至留宿

村中少賓客柴門多不開忽聞車馬至云是故人來況値風雨夕愁心正悠哉願君且同宿盡此手中杯人生開口笑百

年都幾迴

西原晚望

花菊引閑行行上西原路原上晚無人因高聊四顧南阡有烟火北陌連墟墓村鄰何蕭踈近者猶百步吾廬在其下寂寞風日暮門外轉枯蓬籬根伏寒兎故園汴水上離亂不堪去近歲始移家飄然此村住新屋五六間古槐八九樹便是衰病身此生終老處

感鏡

美人與我別留鏡在匣中自從花顏去秋水無芙蓉經年不開匣紅埃覆青銅今朝一拂拭自照顦顇容照罷重惆悵背有雙盤龍

村居卧病　三首

戚戚抱羸病悠悠度朝暮夏木纔結陰秋蘭已含露前

日巢中卵化作鶵飛去昨日穴中蟲蛻爲蟬上樹四時未常歇一物不暫住唯有病客心沉然獨如故

又

新秋久病客起步村南道盡日不逢人蟲聲徧荒草西風吹白露野綠秋仍早草木猶未傷先傷我懷抱朱顏與玄鬢強健幾時好況爲憂病侵不得依年老

又

種黍三十畝雨來苗漸大種韭二十畦秋來欲堪刈望黍作冬酒留韭爲春菜荒村百物無待此養衰瘵葺廬備陰雨補褐防寒歲病身知幾時且作明年計

沐浴

經年不沐浴塵垢滿肌膚今朝一澡濯衰瘦頗有餘老色頭鬢白病形支體虛衣寬有賸帶髮少不勝梳自問今年

幾春秋四十初四十已如此七十復何如

栽松 二首

小松未盈尺心愛手自移蒼然澗底色雲濕烟霏霏栽植我年晚長成君性遲如何過四十種此數寸枝得見成陰否人生七十稀

愛君抱晚節憐君含直文欲得朝朝見堦前故種君知君死則已不死會凌雲

病中友人相訪

卧久不記日南窻昏復昏蕭條草簷下寒雀朝夕聞強扶牀前杖起向庭中行偶逢故人至便當一逢迎移榻就斜日披裘倚前楹閑談勝服藥稍覺有心情

自覺 二首

四十未為老憂傷早衰惡前歲二毛生今年一齒落形骸日

損耗心事同蕭索夜寢與朝飧其間味亦薄同歲崔舍人容光方灼灼始知年與貌衰盛隨憂樂畏老老轉迫憂病病彌縛不畏復不憂是除老病藥

又

朝哭心所愛暮哭心所親親愛零落盡安用身獨存幾許平生歡無限骨肉恩結爲腸間痛聚作鼻頭辛悲來四支緩泣盡雙眸昏所以年四十心如七十人我聞浮圖教中有解脫門置心爲止水視身如浮雲斗藪垢穢衣度脫生死輪胡爲戀此苦不去猶逡巡迴念發弘願願此見在身但受過去報不結將來因誓以智慧水永洗煩惱塵不將恩愛子更種憂悲根

雨夜有念

以道治心氣終歲得晏然何乃戚戚意忽來風雨天既非慕榮顯又不恤飢寒胡爲悄不樂抱膝殘燈前形影暗相問心默

對以言骨肉能幾人各在天一端吾兄寄宿州吾弟客東川南北五千里我身在中間欲去病未能欲住心不安有如波上舟此縛而彼牽自我向道來于今六七年鍊成不二性銷盡千萬緣唯有恩愛火往往猶熬煎豈是藥無効病多難盡蠲

寄楊六 楊攝万年縣尉予爲賛善大夫

青宮官冷靜赤縣事繁劇一閑復一忙動作經時隔清觴久廢酌白日頓虛擲念此忽踟躕悄然心不適豈無舊交結久別或遷易亦有新往還相見多形迹唯君於我分堅久如金石何況老大來人情重姻戚會稀歲月急此事真可惜幾迴開口笑便到髭鬚白公門苦鞅掌晝日無閑隙猶冀秉燭來靜言同一夕

送春

三月三十日春歸日復暮惆悵問春風明朝應不住送春曲

江上眷眷東西顧但見撲水花紛紛不知數人生似行客兩足無停步日日進前程前程幾多路兵刀與水火盡可違之去唯有老到來人間無避處感時良爲已獨倚池南樹今日送春心心如別親故

哭李三

去年渭水曲秋時訪我來今年常樂里春日哭君迴哭君仰問天天意安在哉若必奪其壽何如不與才落然身後事妻病女嬰孩

別李十一後重寄 自此後江州路上作

秋日正蕭條驅車出蓬蓽迴望靑門道目極心欝欝豈獨戀鄉土非關慕簪紱所愴別李君平生同道術俱承金馬詔聯秉諫臣筆共上靑雲梯中途一相失江湖我方往朝庭君不出蕙帶與華簪相逢是何日

初出藍田路作

停驂問前路路在秋雲裏蒼蒼縣南道去途從此始絕頂忽盤上衆山皆下視下視千萬峯峯頭如浪起朝經韓公坂夕次藍橋水潯陽僅四千始行七十里人煩馬蹄跙勞苦已如此

仙娥峯下作

我爲東南行始登商山道商山無數峯最愛仙娥好參差樹若插匼匝雲如抱渴望寒玉泉香聞紫芝草青崖屏削碧白石牀鋪縞向無如此物安足留四皓感彼私自問歸山何不早可能塵土中還隨衆人老

微雨夜行

漠漠秋雲起稍稍夜寒生但覺衣裳濕無點亦無聲

再到襄陽訪問舊居

昔到襄陽日髯髯初有髭今過襄陽日髭鬢半成絲舊遊

都似夢乍到忽如歸東郭蓬蒿宅荒涼今屬誰故知多零落閭井亦遷移獨有秋江水煙波似舊時

寄微之 三首

江州望通州天涯與地末有山萬丈高有江千里闊間之以雲霧飛鳥不可越誰知千古險爲我二人設通州君初到鬱鬱愁如結江州我方去迢迢行未歇道路日乖隔音信日斷絕因風欲寄語地遠聲不徹生當復相逢死當從此別

又

君遊襄陽日我在長安住今君在通州我過襄陽去襄陽九里郭樓雉連雲樹顧此稍依依是君舊遊處蒼茫蒹葭水中有潯陽路此去更相思江西少親故

又

去國日已遠喜逢物似人如何含此意江上坐思君有如河嶽

氣相合方氛氳狂風吹中絕兩處成孤雲風迴終有時雲合豈無因努力各自愛窮通我爾身憙逢一作稀逢

舟中雨夜

江雲暗悠悠江風冷脩脩夜雨滴船背夜浪打船頭船中有病客左降向江州

夜聞歌者 宿鄂州

夜泊鸚鵡洲秋江月澄澈鄰船有歌者發調堪愁絕歌罷繼以泣泣聲通復咽尋聲見其人有婦顏如雪獨倚帆檣立娉婷十七八夜淚似真珠雙雙墮明月借問誰家婦歌泣何淒切一問一霑襟低眉終不說

江樓聞砧 江州作

江人授衣晚十月始聞砧一夕高樓月萬里故園心

宿東林寺

經窻燈焰短僧爐火氣深索落廬山夜風雪宿東林

憶洛下故園 時淮汝寇戎未滅

潯陽遷謫地洛陽離亂年烟塵三川上炎瘴九江邊鄉心坐如此秋風仍颯然

贈別崔五

朝送南去客暮迎北來賓孰云當大路少遇心所親勞者念息肩熱者思濯身何如愁獨日忽見平生人平生已不淺是日重殷勤問從何處來及此江亭春江天春多陰夜月隔重雲移樽樹間飲燈照花紛紛一會不易得餘事何足云明旦又分手今夕且懽忻

春晚寄微之

三月江水闊悠悠桃花波年芳與心事此地共蹉跎南國方譴謫中原正兵戈眼前故人少頭上白髮多通州更迢遞春

盡復如何

漸老

今朝復明日不覺年齒暮白髮逐梳落朱顔辭鏡去當春頗愁寂對酒寡歡趣遇境多愴辛逢人益敦故形質屬天地推遷從不住所惟少年心銷磨落何處

送幼史

淮右寇未散江西歲冉徂故里干戈地行人風雪途此時與爾別江畔立踟躕

夜雪

已訝衾枕冷復見窗戸明夜深知雪重時聞折竹聲

寄行簡

鬱鬱眉多斂默默口寡言豈是願如此舉目誰與歡去春爾西征從事巴蜀間今春我南謫抱疾江海壖相去六千里

地絶天邈然十書九不達何以開憂顔渇人多夢飲饑人多
夢飡春來夢何處合眼到東川

首夏

孟夏百物滋動植一時好麋鹿樂深林蟲蛇喜豐草翔禽
愛密葉游鱗悦新藻天和遺漏處而我獨枯槁一身在天
末骨肉皆遠道舊國無來人寇戎塵浩浩沉憂竟何益秖自
勞懷抱不如放身心冥然任天造潯陽多美酒可使杯不燥
湓魚賤如泥烹炙無昏早朝飯山下寺暮醉湖中島何必
歸故鄉茲焉可終老

孟夏思渭村舊居寄舍弟

嘖嘖雀引鷇梢梢笋成竹時物感人情憶我故鄉曲故
園渭水上十載事樵牧手種榆柳成陰陰覆牆屋兎隱豆
苗大鳥鳴桑椹熟前年當此時與爾同遊矚詩書課弟

姪農圃資僮僕日暮麥登場天晴蠶拆簇弄泉南澗坐
待月東亭宿興發飲數杯悶來碁一局一朝忽分散萬里
仍羈束井鮒思返泉籠鶯悔出谷九江地卑濕四月天炎
燠苦雨初入梅瘴雲稍含毒泥秧水畦稻灰種畬田粟已訝
殊歲時仍嗟異風俗閑登郡樓望日落江山綠歸鴈拂鄉
心平湖斷人目殊方我漂泊舊里君幽獨何時同一瓢飲水
心亦足

早蟬

六月初七日江頭蟬始鳴石楠深葉裏薄暮兩三聲一催
衰鬢色再動故園情西風殊未起秋思先秋生憶昔在
東掖宮槐花下聽今朝無限思雲樹遶湓城

感情

中庭曬服玩忽見故鄉履昔贈我者誰東鄰嬋娟子因思贈

時語特用結絲始永願如履綦雙行復雙止自吾謫江郡漂蕩三千里爲感長情人提攜同到此今朝一惆悵反覆看未已人隻履猶雙何曾得相似可嗟復可惜錦表繡爲裏況經梅雨來色黯花草死

南湖晚秋

八月白露降湖中水芳老旦夕秋風多衰荷半傾倒手攀青楓樹足蹋黃蘆草慘淡老容顏冷落秋懷抱有兄在淮楚有弟在蜀道萬里何時來烟波白浩浩

郡廳有樹晚榮早凋人不識名因題其上

潯陽郡廳後有樹不知名秋先梧桐落春後桃李榮五月始萌動八月已凋零左右皆松桂四時鬱青青豈量雨露恩霑濡不均平榮枯各有分天地本無情顧我亦相類早衰向晚成形骸少多病三十不豐盈毛鬢早改變四十白

髭生誰教兩蕭索相對此江城

感秋懷微之

葉下湖又波秋風此時至誰知濩落心先納蕭條氣推移感流歲漂泊思同志昔爲烟霄侶今作泥塗吏白鷴毛羽弱青鳳文章異各閉一籠中歲晚同顦顇

因沐感髮寄朗上人 二首

年長身轉慵百年無所欲乃至頭上髮經年方一沐沐稀髮苦落一沐仍半禿短鬢經霜蓬老面辭春木强年過猶近衰相來何速應是煩惱多心焦血不足

又

漸少不滿把漸短不盈尺況茲短少中日夜落復白旣無神仙術何除老死籍祇有解脫門能度衰苦厄掩鏡望東寺降心謝禪客衰白何足言剃落猶不惜

早蟬

月出先照山風生先動水亦如早蟬聲先入閑人耳一聞愁意結再聽鄉心起渭上村蟬聲先聽渾相似衡門有誰聽日暮槐花裏

苦熱喜涼

經時苦炎暑心體但煩倦白日一何長清秋不可見歲功成者去天數極則變潛知寒燠間遷次如乘傳火雲忽朝斂金風俄夕扇枕簟遂清涼筋骸稍輕健因思望月侶好卜迎秋宴竟夜無客來引杯還自勸

早秋晚望兼呈韋侍御

九派繞孤城城高生遠思人煙半在船野水多於地穿霞日脚直驅鴈風頭利去國來幾時江上秋三至夫君亦淪落此地同飄寄惘默向隅心摧頹觸籠翅且謀眼前計莫問胷中事尋陽酒甚

濃相勸時時醉

司馬宅

雨徑綠蕪合霜園紅葉多蕭條司馬宅門巷無人過唯對大江水秋風朝夕波

司馬廳獨宿

荒涼滿庭草偃亞侵簷竹府吏下廳簾家僮開被襆數聲城上漏一點窗間燭官曹冷似冰誰肯來同宿

夢與李七庾三十三同訪元九

夜夢歸長安見我故親友損之在我左順之在我右云是二月天春風出携手同過靖安里下馬尋元九元九正獨坐見我笑開口還指西院花仍開北亭酒如言各有故似惜歡難久神合俄頃間神離欠申後覺來疑在側求索無所有殘燈影閃牆斜月光穿牖天明西北望萬里君知否老去無見期踟躕搔白首

秋槿

風露颯已冷天色亦黃昏中庭有槿花榮落同一晨秋開已寂寞夕殞何紛紛正怜少顏色後歎不逡巡感此因念彼懷哉聊一陳男兒老富貴女子晚婚姻頭白始得志色衰方事人後時不獲已安得如青春

荅元郎中楊員外喜烏見寄 四十四字成

南宮鴛鴦地何忽烏來止故人錦帳郎聞烏笑相視疑烏報消息望我歸鄉里我歸應待烏頭白慙愧元郎誤歡喜

白氏文集卷第十

白氏文集卷第十一

感傷三 古體五言 凡五十三首

初入峽有感

上有萬仞山下有千丈水蒼蒼兩崖間闊狹容一葦瞿唐呀直瀉灔澦屹中峙未夜黑巖昏無風白浪起大石如刀劒小石如牙齒一步不可行況千三百里（自峽州至忠州灘險相繼凡一千三百里）苒蒻竹篾⿱竹念（音念）欹危檝師趾一跌無完舟吾生繫於此常聞仗忠信蠻貊可行矣自古漂沈人豈盡非君子況吾時與命蹇舛不足恃常恐不才身復作無名死

過昭君村（村在歸州東北四十里）

靈珠產無種彩雲出無根亦如彼姝子生此遐陋村至麗物難掩遽選入君門獨美衆所嫉終棄於塞垣唯此希代色豈無一顧恩事排勢須去不得由至尊白黑既可變丹青何足論竟

埋岱山北骨不返巴東魂慘澹晚雲水依俙舊鄉園妍姿化已
久但有村名存村中有遺老指點爲我言不取往者戒恐貽來
者冤至今村女面燒灼成瘢痕

自江州至忠州

前在潯陽日已歎賓朋寡忽忽抱憂懷出門無處寫今來轉
深僻窮峽巔山下五月斷行舟灧堆正如馬巴人類猿狖矍爍
滿山野敢望見交親喜逢似人者

初到忠州登東樓寄萬州楊八使君

山東邑居窄峽牽氣候偏林巒少平地霧雨多陰天隱隱煑
鹽火漠漠燒畬煙賴此東樓夕風月時翛然憑軒望所思目
斷心涓涓背春有去鴈上水無來舡我懷巴東守本是關西
賢平生已不淺流落重相怜水梗漂萬里籠禽囚五年新恩
同雨露遠郡鄰山川書信雖往復封疆徒接連其如美人

面欲見杳無緣

郡中

鄉路音信斷山城日月遲欲知州近遠階前摘荔枝

西樓夜

悄悄復悄悄城隅隱林杪山郭燈火稀峽天星漢少年光東流水生計南枝鳥月没江沉沉西樓殊未曉

東樓曉

脉脉復脉脉東樓無宿客城暗雲霧多峽深田地窄宵月燈尚留焰晨禽初展翮欲知山高低不見東方白

寄王質夫

憶始識君時愛君世緣薄我亦吏王畿不爲名利著春尋仙遊洞秋上雲居閣樓觀水潺潺龍潭花漠漠吟詩石上坐引酒泉邊酌因話出處心心期老巖壑忽從風雨别遂被簪

纓縞君作出山雲我爲入籠鶴籠深鶴殘頳山遠雲飄泊去處雖不同同負平生約今來各何在老去隨所託我守巴南城君佐征西幕年顏漸衰颯生計仍蕭索方含去國愁且羨從軍樂舊遊疑是夢往事思如昨相憶春又深故山花正落

南賓郡齋即事寄楊萬州

山上巴子城山下巴江水中有窮獨人強名爲刺史時時竊自哂刺史豈如是倉粟餧家人黃縑裹妻子忠州刺史以下悉以畲田粟給祿食以黃絹支給元俸莓苔翳冠帶霧雨霾樓雉衙鼓暮復朝郡齋卧還起迴頭望南浦亦在煙波裏而我復何嗟夫君猶滯此

招蕭處士

峽內豈無人所逢非所思門前亦有客相對不相知仰望但雲樹俯顧惟妻兒寢食起居外端然無所爲東郊蕭處士聊可與開眉能飲滿盃酒善吟長句詩庭前吏散後江畔路乾時請

君攜竹杖一赴郡齋期

庭槐

南方饒竹樹唯有青槐稀十種七八死縱活亦支離何此郡庭下一株獨華滋蒙蒙碧煙葉嫋嫋黃花枝我家渭水上此樹蔭前墀忽向天涯見憶在故園時人生有情感遇物牽所思樹木猶復尓況見舊親知

送客迴晚興

城上雲霧開沙頭風浪定叅差乱山出澹泞平江淨行客舟已遠居人酒初醒嫋嫋秋竹梢巴蟬聲似磬

東樓竹

蕭灑城東樓遶樓多脩竹森然一萬竿白粉封青玉卷簾睡初覺欹枕看未足影轉色入樓牀席生浮綠空城絕賓客向夕弥幽獨樓上夜不歸此君留我宿

九日登巴臺

黍香酒初熟菊暖花未開閑聽竹枝曲淺酌茱萸杯去年重陽日漂泊湓城隈今歲重陽日蕭條巴子臺旅鬢尋已白鄉書久不來臨觴一搔首座客亦徘徊

東城尋春

老色日上面歡情日去心今既不如昔後當不如今今猶未甚衰每事力可任花時仍愛出酒後尚能吟但恐如此興亦隨日銷沉東城春欲老勉强一來尋

江上送客

江花已萎絶江草已銷歇遠客何處歸孤舟今日發杜鵑聲似哭湘竹班如血共是多感人仍爲此中别

桐花

春令有常候清明桐始發何此巴峽中桐花開十月豈伊物理

變信是土宜別地氣反寒暄天時倒生殺草木堅强物所稟固難奪風候一參差榮枯遂乖刺況吾北人性不耐南方熱强羸壽夭間安得依時節

早祭風伯因懷李十一舍人

遠郡雖褊陋時祀奉朝經夙興祭風伯天氣曉冥冥道騎與從吏引我出東坰水霧重如雨山火高於星忽憶早朝日與君趨紫庭步登龍尾道却望終南青一別身向老所思心未寧至今想在耳玉音尚玲玲

花下對酒 二首

藹藹江氣春南賓閏正月梅櫻與桃杏次第城上發紅房爛簇火素艷紛團雪香惜委風飄愁牽墜枝折樓中老太守頭上新白髮冷澹病心情暄和好時節故園音信斷遠郡親賓絕欲問花前樽依然爲誰設

又

引手攀紅櫻紅櫻落似霞散仰首看白日白日走如箭前年芳與時景頃刻猶衰變況是血肉身安能長强健人心苦迷執慕貴憂貧賤愁色常在眉歡容不上面況吾頭半白把鏡非不見何必花下杯更待他人勸

不二門

兩眼日將闇四支漸衰瘦束帶賸昔圍穿衣妨去聲寬袖流年似江水奔注無昏晝志氣與形骸安得長依舊亦曾登玉陛舉措多紕繆至今金闕籍名姓獨遺漏亦曾燒大藥消息乖火候至今殘丹砂燒乾不成就行藏事兩失憂惱心交鬭化作顦顇翁抛身在荒陋坐看老病逼須得醫王救唯有不二門其間無夭壽

我身

我身何所似似彼孤生蓬秋霜翦根斷浩浩隨長風昔遊秦雍間今落巴蜀中昔為意氣郎今作寂寥翁外貌雖寂寞中懷頗沖融賦命有厚薄委心任窮通通當為大鵬舉翅摩蒼穹窮則為鷦鷯一枝足自容苟知此道者身窮心不窮

哭王質夫

仙遊寺前別別來十年餘生別猶怏怏死別復何如客從梓潼來道君死不虛驚疑心未信欲哭復踟躕踟躕寢門側聲發涕亦俱衣上今日淚篋中前月書憐君古人風重有君子儒篇詠陶謝輩風衿嵇阮徒出身既蹇連生世仍須臾誠知天至高安得不一呼江南有毒蟒江北有妖狐皆享千年壽多於王質夫不知彼何德不識此何辜

東坡種花 二首

持錢買花樹城東坡上栽但(犯御名)有花者不限桃杏梅百果參

雜種千枝次第開天時有早晚地力無高低紅者霞豔豔白者雪皚皚遊蜂遂不去好鳥亦棲來前有長流水下有小平臺時拂臺上石一舉風前盃花枝蔭我頭花蘂落我懷獨酌復獨詠不覺月平西巴俗不愛花竟春無人來唯此醉太守盡日不能迴

又

東坡春向暮樹木今何如漠漠花落盡翳翳葉生初每日領僮僕荷鋤仍決渠剗土壅其本引泉溉其枯小樹低數尺大樹長丈餘封植來幾時高下齊扶踈養樹既如此養民亦何殊將欲茂枝葉必先救根株云何救根株勸農均賦租云何茂枝葉省事寬刑書移此今為郡政庶幾甿俗蘇

登城東古臺

迢迢東郊上有土青崔嵬不知何代物疑是巴王臺巴歌久無

聲巴宮没黄埃靡靡春草合牛羊緣四隈我來一登眺目極心悠悠哉始見江山勢峯疊水環迴憑高視聽曠向遠胷衿開唯有故園念時從東北來

哭諸故人因寄元八

昨日哭寢門今日哭寢門借問所哭誰無非故交親偉卿既長往質夫亦幽淪屈指數年世收淚自思身彼皆少於我先爲泉下人我今頭半白焉得身久存好在元郎中相識二十春昔見君生子今聞君抱孫存者盡老大逝者已成塵早晚升平宅開眉一見君

郡中春讌因贈諸客

僕本儒家子待詔金馬門塵忝親近地孤負聖明恩一旦奉優詔萬里牧遠人可憐島夷帥自稱爲使君身騎牂牁馬口食塗江鱗闇淡緋衫故斕斑白髮新是時歲二月玉曆布

春分頒條示皇澤命宴及良辰冉冉趨府吏蚩蚩聚州民有如蟄蟲鳥亦應天地春薰草席鋪座藤枝酒注樽中庭無平地高下隨所陳蠻鼓聲坎坎巴女舞蹲蹲使君居上頭掩口語衆賓勿笑風俗陋勿欺官府貧蜂巢與蟻穴隨分有君臣

開元寺東池早春

池水暖温暾水清波瀲灩簇簇青泥中新蒲葉如劒梅房小白裹柳彩輕黄淡順氣草薰薰適情鷗汎汎舊遊成夢寐往事隨陽焱芳物感幽懷一動平生念

東澗種柳

野性愛栽植植柳水中坻乘春持斧斫裁截而樹之長短既不一高下隨所宜倚岸埋大幹臨流插小枝松柏不可待楩柟固難移不如種此樹此樹易榮滋無根亦可活成陰況

非遲三年未離郡可以見依依種罷水邊憩仰頭閑自思富貴本非望功名須待時不種東溪柳端坐欲何爲

卧小齋

朝起視事畢晏坐飽食終散步長廊下退卧小齋中拙政自多暇幽情誰與同孰云二千石心如田野翁

步東坡

朝上東坡步夕上東坡步東坡何所愛愛此新成樹種植當歲初滋榮及春暮信意取次栽無行亦無數綠陰斜景轉芳氣微風度新葉鳥下來萎花蝶飛去閑攜斑竹杖徐曳黃麻屨欲識往來頻靑蕪成白路

衛秋稅畢題郡南亭

高城直下視蠢蠢見巴蠻安可施政教尚不通語言且喜賦斂畢幸聞閭井安豈伊循良化賴此豐登年樓牘既簡少

池館亦清閑秋雨簷果落夕鐘林鳥還南亭日蕭灑偃卧恣疎頑

蚊蟆

巴徼炎毒早三月蚊蟆生咂膚拂不去遶耳薨薨聲斯物頗微細中人初甚輕如有膚受譖久則瘡痏成痏成無奈何所要防其萌麽蟲何足道潛喻儆人情

登龍昌上寺望江南山懷錢舍人

騎馬出西郭悠悠欲何之獨上高寺去一與白雲期虛檻晚蕭灑前山碧參差忽似青龍閣同望玉峯時因詠松雪句永懷鸞鶴姿六年不相見況乃隔榮衰昔常與錢舍人登青龍寺上方同望藍田山各有絕句錢詩云偶來上寺因高望松雪分明見舊山

郊下

西日照高樹樹頭子規鳴東風吹野水水畔江蘺生盡日看

山立有時尋澗行兀兀長如此何許似專城

遣懷

樂往必悲生泰來猶否極誰言此數然吾道何終塞嘗求詹尹卜拂龜竟默默亦曾仰問天天但蒼蒼色自茲唯委命名利心雙息近日轉安閑鄉園亦休憶迴看世間苦苦在求不得我今無所求庶離憂悲域

歲晚

霜降水返壑風落木歸山冉冉歲將晏物皆復本源何此南遷客五年獨未還命迍分已定日久心彌安亦嘗心與口靜念私自言去國固非樂歸鄉未必歡何須自生苦捨易求其難

負冬日

杲杲冬日出照我屋南隅負暄閉目坐和氣生肌膚初似飲醇醪又如蟄者蘇外融百骸暢中適一念無曠然忘所在心與

虛空俱

委順

山城雖荒蕪竹樹有嘉色郡俸誠不多亦足充衣食外累由心起心寧累自息尚欲忘家鄉誰能算官職宜懷齊遠近委順隨南北歸去誠可憐天涯住亦得

宿溪翁 時初除郎官赴朝

衆心愛金玉衆口貪酒肉何此溪上翁飲瓢亦自足溪南刈薪草溪北修牆屋歲種一頃田春驅兩黃犢於中甚安適此外無營欲溪畔偶相逢庵中遂同宿辭翁向朝市問我何官祿虛言笑殺翁郎官應列宿

重過壽泉憶與楊九別時因題店壁

商州南十里有水名壽泉涌出石崖下流經山店前憶昔相送日我去君言還寒波與老淚此地共潺湲一去歷萬里再

來經六年形容已變改廨所猶依然他日君過此殷勤吟此篇

西掖早秋直夜書意 自此後中書舍人時作

涼風起禁掖新月生宮沼夜半秋暗來萬年枝嫋嫋炎涼遞時節鍾鼓交昏曉偶聖惜年衰報恩愁力小素飡無補益朱紱虛纏繞冠蓋栖野雲稻粱養山鳥量力私自省所得已非少五品不爲賤五十不爲夭若無知足心貪求何日了

庭松

堂下何所有十松當我階亂立無行次高下亦不齊高者三丈長下者十尺低有如野生物不知何人栽接以青瓦屋承之白沙臺朝昏有風月燥濕無塵泥疎韻秋槭槭涼陰夏凄凄春深微雨夕滿葉珠蓑蓑歲暮大雪天壓枝玉皚皚四時各有趣萬木非其儕去年買此宅多爲人所咍一家二十口移轉就松來移來有何得但得煩襟開即此是益友

豈必交賢才顧我猶俗士冠帶走塵埃未稱爲松主時時
一愧懷

竹窻

嘗愛輞川寺竹窻東北廊一別十餘載見竹未曾忘今春二
月初卜居在新昌未暇作廐庫且先營一堂開窻不糊紙
種竹不依行意取北簷下窻與竹相當遶屋聲淅淅逼人
色蒼蒼煙通杳靄氣月透玲瓏光是時三伏天天氣熱如
湯獨此竹窻下朝迴解衣裳輕紗一幅巾小簟六尺牀無客盡
日靜有風終夜涼乃知前古人言事頗諳詳清風北窻卧可
以傲羲皇

同韓侍郎遊鄭家池吟詩小飲

野艇容三人晚池流浼浼悠然倚棹坐水思如江海宿雨洗沙
塵晴風蕩煙靄殘陽上竹樹枝葉生光彩我本偶然來景

物如相待白鷗驚不起綠英行堪採齒髮雖已衰性靈未
云改逢詩遇盃酒尚有心情在

晚歸有感

朝弔李家孤暮問崔家疾時李十一侍郎諸子尚居憂崔二十二員外三年臥病迴馬獨歸
來低眉心鬱鬱平生所善者多不過六七如何十年間零
落三無一劉曾夢中見元向花前失劉三十二校書歿後嘗夢見之元八少尹今春櫻桃花時長
逝漸老與誰遊春城好風日

曲江感秋二首并序

元和二年三年四年予每歲有曲江感秋詩凡三篇編在第
七集卷是時予為左拾遺翰林學士無何貶江州司馬忠州刺
史前年遷主客郎中知制誥未周歲授中書舍人今遊曲
江又值秋日風物不改人事屢變況予中否後遇昔壯今衰
慨然感懷復有此作噫人生多故不知明年秋又何許也時

二年七月十日云耳

元和二年秋我年三十七長慶二年秋我年五十一中間十四年六年居譴黜窮通與榮悴委運隨外物遂師廬山遠重弔湘江屈夜聽竹枝愁秋看灔堆没近辭巴郡印又秉綸闈筆晚遇何足言白髮映朱紱銷沈昔意氣改換舊容質獨有曲江秋風煙如往日

又

踈蕪南岸草蕭颯西風樹秋到來幾時蟬聲又無數莎平緑茸合蓮落青房露今日臨望時往年感秋處池中水依舊城上山如故獨我鬢間毛昔黑今垂素榮名與壯齒相避如朝暮時命始欲來年顔已先去當春不歡樂臨老徒驚悮故作詠懷詩題於曲江路

翫松竹二首

龍蚳隱大澤麋鹿遊豐草栖鳳安於梧潛魚樂於藻吾亦愛吾廬廬中樂吾道前松後脩竹偃臥可終老各附其所安不知他物好

坐愛前簷前臥愛北窻北窻竹多好風簷松有嘉色幽懷一以合俗念隨緣息在爾雖無情於予即有得乃知性相近不必動與植

衰病無趣因吟所懷

朝飡多不飽夜臥常少睡自覺寢食間都無少年味平生好詩酒今亦將捨棄酒唯下藥飲無復曾歡醉詩多聽人吟自不題一字病姿引衰相日夜相繼至況當尚少朝彌慚居近侍終當求一郡聚少漁樵費合口便歸山不問人間事

逍遙詠

亦莫戀此身亦莫厭此身此身何足戀萬劫煩惱根此身何足

厭一聚虛空塵無戀亦無厭始是逍遙人

白氏文集卷第十一

白氏文集卷第十二　感傷四　謌行曲引　雜言　凡二十九首

短謌行

曈曈太陽如火色上行千里下一刻出爲白晝入爲夜圓轉如珠住不得住不得可奈何爲君舉酒謌短謌謌聲苦詞亦苦四座少年君聽取今夕未竟明夕催秋風纔往春風迴人無根蔕時不駐朱顏白日相隤（亦積）勸君且強笑一面勸君復強飲一盃人生不得長歡樂年少須臾老到來

生離別

食蘖不易食梅難蘖能苦兮梅能酸未如生別之爲難苦在心

兮酸在肝昃晨雞再鳴殘月沒征馬連嘶行人出迴看骨肉哭一聲梅酸蘗苦甘如蜜黃河水白黃雲秋行人河邊相對愁天寒野曠何處宿棠梨葉戰風颼颼生離別生離別憂從中來無斷絶憂極心勞血氣衰未年三十生白髮仲何一

浩歌行

天長地久無終畢昨夜今朝又明日鬢髮蒼浪牙齒疎不覺身年四十七前去五十有幾年把鏡照面心茫然既無長繩繫白日又無大藥駐朱顏朱顏日漸不如故青史功名在何處欲留年少待富貴富貴不來年少去去復去兮如長河東流赴海無迴波賢愚貴賤同歸盡北邙塚墓高嵯峨古來如此非獨我未死有酒且高歌顏回短命伯夷餓我今所得亦已多功名富貴須待命命若不來知奈何

王夫子

王夫子送君爲一尉東南三千五百里道途雖遠位雖卑月俸猶堪活妻子男兒口讀古人書束帶斂手來從事近將徇祿給一家遠則行道佐時理行道佐時須待命委身下位無爲恥命苟未來且求食官無高卑及遠邇男兒上既未能濟天下下又不至飢寒死吾觀九品至一品其間氣味都相似紫綬朱紱青布衫顏色不同而已矣王夫子別有一事欲勸君遇酒逢春且歡喜

江南遇天寶樂叟

白頭病叟泣且言祿山未亂入梨園能彈琵琶和法曲多在華清隨至尊是時天下太平久年年十月坐朝元千官起居環珮合萬國會同車馬奔金鈿照耀石甕寺蘭麝薰煑溫湯源貴妃宛轉侍君側體弱不勝珠翠繁冬雪飄颻錦袍煖春風蕩漾霓裳飜歡娛未足燕寇至弓勁馬肥胡語

喧幽土人遷避夷狄鼎湖龍去哭軒轅從此漂淪到南土萬人死盡一身存秋風江上浪無限暮雨舟中酒一樽涸魚久失風波勢枯草曾沾雨露恩我自秦來君莫問驪山渭水如荒村新豐樹老籠明月長生殿闇鏁黄昏紅葉紛紛蓋欹瓦緑苔重重封壞垣唯有中官作宫使每年寒食一開門

送張山人歸嵩陽

黄昏慘慘天微雪修行坊西鼓聲絶張生馬瘦衣且單夜扣柴門與我别媿君冒寒來别我爲君沽酒張燈火酒酣火煖與君言何事入關又出關荅云前年偶下山四十餘月客長安長安古來名利地空手無金行路難朝遊九城陌肥馬輕車欺殺客暮宿五侯門殘茶冷酒愁殺人春明門門前便是嵩山路幸有雲泉容此身明日辭君且歸去

醉後走筆酬劉五主簿長句之贈兼簡張大賈

二十四先輩昆季

劉兄文高行孤立十五年前名翕習是時相遇在符離我年二十君三十得意忘年心迹親寓居同縣日知聞衡門寂寞朝尋我古寺蕭條暮訪君朝來暮去多攜手窮巷貧居何所有秋燈夜寫聯句詩春雪朝傾煖寒酒陴湖綠愛白鷗飛濉水清憐紅鯉肥偶語閑攀芳樹立相扶醉踏落花歸張賈弟兄同里巷乘閑數數來相訪雨天連宿草堂中月夜徐行石橋上我年漸長忽自驚鏡中冉冉髭鬚生心畏後時同勵志身牽前事各求名問我棲棲何所適鄉人薦爲鹿鳴客二千里别謝交遊三十韻詩慰行役出門可憐唯一身弊裘瘦馬入咸秦鼕鼕街鼓紅塵闇晚到長安無主人二賈二張與余弟驅車邐迤來相繼操詞握賦爲干戈鋒鋭森然勝氣多齊入文場同苦戰五人十載九登科二張得雋名居甲美

退爭雄重告捷棠棣輝榮並桂枝芝蘭芬馥和荊萊唯
有沆犀屈未伸握中自謂駭雞珍三年不鳴鳴必大豈獨駭雞
當駭人元和運啓千年聖同遇明時余最幸始辭祕閣吏王
畿遽列諫垣外禁闈蹇步何堪鳴珮玉裹容不稱著朝衣
閶闔晨開朝百辟冕旒不動香煙碧步登龍尾上虛空立去天
顏無咫尺宮花似雪從乘輿禁月如霜坐直廬身賤每驚隨內
宴才微常愧草天書晚松寒竹新昌第職居密近門多閑日暮
銀臺下直迴故人到門門暫開迴頭下馬一相顧塵土滿衣何
處來斂手炎涼敘未畢先說舊山今悔出歧陽旅宦少歡娛
江左覊遊費時日贈我一篇行路吟吟之句句披沙金歲月徒
催白髮貌泥塗不屈青雲心誰會湛湛天地意短才獲用長
才棄我隨鴛鷺入煙雲謬上丹墀為近臣君同鸞鳳棲荊棘
猶著青袍作選人惆悵知賢不能薦徒為出入蓬萊殿月慚諫

紙二百張歲愧俸錢三十萬大底浮榮何足道幾度相逢即身老且傾斗酒慰羇愁重話符離問舊遊北巷鄰居幾家去東林舊院何人住武里村花落復開流溝山色應如故感此詶君千字詩醉中分手又何之須知通塞尋常事莫歎浮沈先後時慷慨臨岐重相勉殷勤別後加餐飯君不見買臣衣錦還故鄉五十身榮未爲晚

和錢員外荅盧員外早春獨遊曲江見寄長句

春來有色闇融融先到詩情酒思中柳岸霏微裛塵雨杏園澹蕩開花風聞君獨遊心鬱鬱薄晚新晴騎馬出醉思詩侶有同年春歎翰林無暇日雲夫首唱寒玉音蔚章繼和春搜吟此時我亦閑門坐一日風光三處心雲夫蔚章同年及第時予與蔚章同在翰林

東墟晚歇時退居渭村

涼風冷露蕭索天黃蒿紫菊荒涼田遶冢秋花少顏色細蟲

小蝀飛䬍䬍中有騰騰獨行者手拄漁竿不騎馬晚從南
澗釣魚迴歇此墟中白楊下褐衣半故白髮新人逢知我是
何人誰言渭浦栖遲客曾作甘泉侍從臣

客中月

客從江南來來時月上弦悠悠行旅中三見清光圓曉隨殘月
行夕與新月宿誰謂月無情千里遠相逐朝發渭水橋暮入
長安陌不知今夜月又作誰家客

挽歌詞

丹旐何飛揚素驂亦悲鳴晨光照閭巷轜車儼欲行蕭條九
月天哀挽出重城借問送者誰妻子與弟兄蒼蒼上古原峨峨
開新塋含酸一慟哭異口同哀聲舊壠轉蕪絕新墳日羅列
春風草綠北邙山此地年年生死別

長相思

九月西風興月冷霜華凝思君秋夜長一夜魂九升二月東風來草坼花心開思君春日遲一日腸九迴妾住洛橋北君住洛橋南十五即相識今年二十三有如女蘿草生在松之側蔓短枝苦高縈迴上不得人言人有願願至天必成願作遠方獸步步比肩行願作深山木枝枝連理生

山鷓鴣

山鷓鴣朝朝暮暮啼復啼啼時露白風淒淒黃茅岡頭秋日晚苦竹嶺下寒月低畬田有粟何不啄石楠有枝何不棲迢迢不緩復不急樓上舟中聲闇入夢鄉還客展轉臥抱兒寡婦彷徨立山鷓鴣爾本此鄉鳥生不辭巢不別群何苦聲聲啼到曉啼到曉唯能愁北人南人慣聞如不聞

放旅鴈 元和十年冬作

九江十年冬大雪江水生冰樹枝折百鳥無食東西飛中有旅

鴈聲最飢雪中啄草冰上宿翅冷騰空飛動遲江童持網捕將去手攜入市生賣之我本北人今譴謫人鳥雖殊同是客見此客鳥傷客人贖汝放汝飛入雲鴈鴈汝飛向何處第一莫飛西北去淮西有賊討未平百萬甲兵久屯聚官軍賊軍相守老食盡兵窮將及汝健兒飢餓射汝喫拔汝翅翎為箭羽

送春歸 元和十一年三月三十日作

送春歸三月盡日日暮時去年杏園花飛御溝綠何處送春曲江曲今年杜鵑花落子規啼送春何處西江西帝城送春猶怏怏天涯送春能不加惆悵莫惆悵送春人冗員無替五年罷應須准擬再送潯陽春五年炎涼凡十變又知此身健不健好去今年江上春明年未死還相見

山石榴寄元九

山石榴一名山躑躅一名杜鵑花杜鵑啼時花撲撲九江三月

杜鵑來一聲催得一枝開江城上佐閑無事山下斸得廳前栽爛熳一欄十八樹根株有數花無數千房萬葉一時新嫩紫殷紅鮮麴塵淚痕裛損燕支臉剪刀裁破紅綃巾謫仙初墮愁在世姹女新嫁嬌泥去聲春日射血珠將滴地風飜火焰欲燒人閑折兩枝持在手細看不似人間有花中此物似西施芙蓉芍藥皆嫫母奇芳絶豔別者誰通州遷客元拾遺拾遺初貶江陵去去時正值青春暮商山秦嶺愁殺君山石榴花紅夾路題詩報我何所云苦云色似石榴裙當時叢畔唯思我今日欄前只憶君憶君不見坐銷落日西風起紅紛紛

畫竹歌 并引

協律郎蕭悅善畫竹舉時無倫蕭亦甚自秘重有終歲求其一竿一枝而不得者知予天與好事忽寫一十五竿惠然見投予厚其意高其藝無以答貺作歌以報之凡一百八十六字云

植物之中竹難寫古今雖畫無似者蕭郎下筆獨逼真丹青以來唯一人人畫竹身肥擁腫蕭畫莖瘦節節竦人畫竹梢死羸垂蕭畫枝活葉葉動不根而生從意生不笋而成由筆成野塘水邊碕岸側森森兩叢十五莖嬋娟不失筠粉態蕭颯盡得風煙情舉頭忽看不似畫低耳靜聽疑有聲西叢七莖勁而健省向天竺寺前石上見東叢八莖疎且寒憶曾湘妃廟裏雨中看幽姿遠思少人別與君相顧空長歎蕭郎蕭郎老可惜手戰眼昏頭雪色自言便是絕筆時從今此竹尤難得

真娘墓 墓在虎丘寺

真娘墓虎丘道不識真娘鏡中面唯見真娘墓頭草霜摧桃李風折蓮真娘死時猶少年脂膚荑手不牢固世間有物難留連難留連易銷歇塞北花江南雪

長恨歌傳

前進士陳鴻撰

開元中泰階平四海無事玄宗在位歲久倦于旰食宵衣政無小大始委于右丞相深居遊宴以聲色自娛先是元獻皇后武淑妃皆有寵相次即世宮中雖良家子千數無可悅目者上忽忽不樂時每歲十月駕幸華清宮内外命婦熠燿景從浴日餘波賜以湯沐春風靈液澹蕩其間上心油然若有顧遇左右前後粉色如土詔高力士潛搜外宮得弘農楊玄琰女于壽邸既笄矣鬢髮膩理纖穠中度舉止閑冶如漢武帝李夫人別疏湯泉詔賜藻瑩既出水體弱力微若不任羅綺光彩煥發轉動照人上甚悅進見之日奏霓裳羽衣曲以導之定情之夕授金釵鈿合以固之又命戴步搖垂金璫明年冊為貴妃半后服用繇是冶其容敏其詞婉孌萬態以中上意上益嬖焉時省風九州泥金五岳驪山雪夜上陽春朝與上行同室宴專席寢專

房雖有三夫人九嬪二十七世婦八十一御妻暨後宮才人樂府妓女使天子無顧眄意自是六宮無復進幸者非徒殊豔尤態致是蓋才智明慧善巧便佞先意希旨有不可形容者叔父昆弟皆列在清貫爵爲通侯姉妹封國夫人富埒王室車服邸第與大長公主侔而恩澤勢力則又過之出入禁門不問京師長吏爲側目故當時謡詠有云生女勿悲酸生男勿喜歡又曰男不封侯女作妃看女却爲門上楣其人心羨慕如此天寶末兄國忠盜丞相位愚弄國柄及安禄山引兵嚮闕以討楊氏爲辭潼關不守翠華南幸出咸陽道次馬嵬亭六軍徘徊持戟不進從官郎吏伏上馬前請誅錯以謝天下國忠奉氂纓盤水死於道周左右之意未快上問之當時敢言者請以貴妃塞天下怒上知不免而不忍見其死反袂掩面使牽之而去蒼黄展轉竟就絶於尺組之下既而玄宗狩成都肅宗受禪

靈武明年大兇歸元大駕還都尊玄宗爲太上皇就養南宮遷于西内時移事去樂盡悲來每至春之日冬之夜池蓮夏開宮槐秋落梨園弟子玉琯發音聞霓裳羽衣一聲則天顔不怡左右歔欷三載一意其念不衰求之夢魂杳不能得適有道士自蜀來知上皇心念楊妃如是自言有李少君之術玄宗大喜命致其神方士乃竭其術以索之不至又能遊神馭氣出天界沒地府以求之不見又旁求四虛上下東極天海跨蓬壺見最高仙山上多樓闕西廂下有洞戶東嚮闔其門署曰玉妃太真院方士抽簪叩扉有雙童女出應門方士造次未及言而雙鬟復入俄有碧衣侍女又至詰其所從方士因稱唐天子使者且致其命碧衣云玉妃方寢請少待之于時雲海沉沉洞天日晚瓊戶重闔悄然無聲方士屏息斂足拱手門下久之而碧衣延入且曰玉妃出見一人冠金蓮披紫綃珮紅玉曳鳳舄左

右侍者七八人揖方士問皇帝安否次問天寶十四年已還事
言訖憫默指碧衣取金釵鈿合各析其半授使者曰爲謝
太上皇謹獻是物尋舊好也方士受辭與信將行色有不足
玉妃固徵其意復前跪致詞請當時一事不爲他人聞者驗
於太上皇不然恐鈿合金釵負新垣平之詐也玉妃茫然退立
若有所思徐而言之曰昔天寶十載侍輦避暑驪山宮秋
七月牽牛織女相見之夕秦人風俗是夜張錦繡陳飲食樹瓜
華焚香于庭號爲乞巧宮掖間尤尚之夜殆半休侍衛於東
西廂獨侍上上凭肩而立因仰天感牛女事密相誓心願世世
爲夫婦言畢執手各嗚咽此獨君王知之耳因自悲曰由此一念
又不得居此復墮下界且結後緣或爲天或爲人決再相見好
合如舊因言太上皇亦不久人間幸惟自安無自苦耳使者
還奏太上皇皇心震悼日日不豫其年夏四月南宮晏駕元

和元年冬十二月太原白樂天自校書郎尉于盩厔鴻與瑯邪王質夫家于是邑暇日相攜遊仙遊寺話及此事相與感歎質夫舉酒於樂天前曰夫希代之事非遇出世之才潤色之則與時消沒不聞于世樂天深於詩多於情者也試爲歌之如何樂天因爲長恨歌意者不但感其事亦欲懲尤物窒亂階垂於將來也歌既成使鴻傳焉世所不聞者予非開元遺民不得知世所知者有玄宗本紀在今但傳長恨歌云爾

漢皇重色思傾國御宇多年求不得楊家有女初長成養在深閨人未識天生麗質難自棄一朝選在君王側迴眸一笑百媚生六宮粉黛無顏色春寒賜浴華清池溫泉水滑洗凝脂侍兒扶起嬌無力始是新承恩澤時雲鬢花顏金步搖芙蓉帳暖度春宵春宵苦短日高起從此君王不早朝承歡侍宴無閑暇春從春遊夜專夜後宮佳麗三千人三千寵

愛在一身金屋粧成嬌侍夜玉樓宴罷醉和春姊妹弟兄皆列
土可憐光彩生門戶遂令天下父母心不重生男重生女驪宮
高處入青雲仙樂風飄處處聞緩歌慢舞凝絲竹盡日君
王看不足漁陽鞞鼓動地來驚破霓裳羽衣曲九重城闕煙
塵生千乘萬騎西南行翠華搖搖行復止西出都門百餘里六
軍不發無奈何宛轉蛾眉馬前死花鈿委地無人收翠翹金
雀玉搔頭君王掩面救不得迴看血淚相和流黃埃散漫風蕭
索雲棧縈紆登劒閣峨嵋山下少人行旌旗無光日色薄蜀
江水碧蜀山青聖主朝朝暮暮情行宮見月傷心色夜雨聞鈴腸
斷聲天旋日轉迴龍馭到此躊躇不能去馬嵬坡下泥土中
不見玉顏空死處君臣相顧盡霑衣東望都門信馬歸歸
來池苑皆依舊太液芙蓉未央柳芙蓉如面柳如眉對此
如何不淚垂春風桃李花開夜秋雨梧桐葉落時西宮南苑多

秋草宮葉滿階紅不掃梨園弟子白髮新椒房阿監青娥
老夕殿螢飛思悄然孤燈挑盡未成眠遲遲鐘鼓初長夜
耿耿星河欲曙天鴛鴦瓦冷霜華重翡翠衾寒誰與共悠
悠生死別經年魂魄不曾來入夢臨邛道士鴻都客能以精
誠致魂魄爲感君王展轉思遂教方士殷勤覓排空馭氣奔
如電昇天入地求之遍上窮碧落下黃泉兩處茫茫皆不
見忽聞海上有仙山山在虛無縹緲間樓閣玲瓏五雲起其中
綽約多仙子中有一人字太真雪膚花貌參差是金闕西廂
叩玉扃轉教小玉報雙成聞道漢家天子使九華帳裏夢
魂驚攬衣推枕起徘徊珠箔銀屏邐迤開雲鬢半偏新
睡覺花冠不整下堂來風吹仙袂飄颻舉猶似霓裳羽衣
舞玉容寂寞淚闌干梨花一枝春帶雨含情凝睇謝君王
一別音容兩渺茫昭陽殿裏恩愛絕蓬萊宮中日月長迴頭

下望人寰處不見長安見塵霧唯將舊物表深情鈿合金釵寄將去釵留一股合一扇釵擘黃金合分鈿但令心似金鈿堅天上人間會相見臨別慇勤重寄詞詞中有誓兩心知七月七日長生殿夜半無人私語時在天願作比翼鳥在地願爲連理枝天長地久有時盡此恨緜緜無絕期

婦人苦

蟬鬢加意梳蛾眉用心掃幾度曉粧成君看不言好妾身重同穴君意輕偕老惆悵去年來心知未能道今朝一開口語少意何深願引他時事移君此日心人言夫婦親義合如一身及至死生際何曾苦樂均婦人一喪夫終身守孤孑有如林中竹忽被風吹折一折不重生枯死猶抱節男兒若喪婦能不暫傷情應似門前柳逢春易發榮風吹一枝折還有一枝生爲君委曲言願君再三聽須知婦人苦從此莫相輕

長安道

花枝缺處青樓開豔歌一曲酒一盃美人勸我急行樂自古朱顏不再來君不見外州客長安道一迴來一迴老

潛別離

不得哭潛別離不得語暗相思兩心之外無人知深籠夜鏁獨棲鳥利劒春斷連理枝河水雖濁有清日烏頭雖黑有白時唯有潛離與暗別彼此甘心無後期

隔浦蓮

隔浦愛紅蓮昨日看猶在夜來風吹落只得一迴採花開雖有明年期復愁明年還暫時

寒食野望吟

丘墟郭門外寒食誰家哭風吹曠野紙錢飛古墓壘壘春草綠棠梨花映白楊樹盡是死生離別處冥冥重泉哭不聞蕭蕭

蕭蕭暮雨人歸去

琵琶引 并序

元和十年予左遷九江郡司馬明年秋送客湓浦口聞舟船中夜彈琵琶者聽其音錚錚然有京都聲問其人本長安倡女嘗學琵琶於穆曹二善才年長色衰委身爲賈人婦遂命酒使快彈數曲曲罷憫默自敘少小時歡樂事今漂淪憔悴轉徙於江湖間予出官二年恬然自安感斯人言是夕始覺有遷謫意因爲長句歌以贈之凡六百一十二言命曰琵琶行

潯陽江頭夜送客楓葉荻花秋索索主人下馬客在船舉酒欲飲無管絃醉不成歡慘將別別時茫茫江浸月忽聞水上琵琶聲主人忘歸客不發尋聲闇問彈者誰琵琶聲停欲語遲移船相近邀相見添酒迴燈重開宴千呼萬喚始出來猶把琵琶半遮面轉軸撥絃三兩聲未成曲調先有情絃絃掩

抑聲聲思似訴平生不得意低眉信手續續彈說盡心中無
限事輕攏慢撚抹復挑初爲霓裳後綠腰大絃嘈嘈如急雨
小絃切切如私語嘈嘈切切錯雜彈大珠小珠落玉盤間關鶯語
花底滑幽咽泉流水下難冰泉冷澀絃疑絕疑絕不通聲暫歇
別有幽愁暗恨生此時無聲勝有聲銀瓶乍破水漿迸鐵騎突
出刀槍鳴曲終收撥當心畫四絃一聲如裂帛東舟西舫悄無言
唯見江心秋月白沈吟放撥插絃中整頓衣裳起斂容自言本是
京城女家在蝦蟇陵下住十三學得琵琶成名屬教坊第一
部曲罷曾教善才伏粧成每被秋娘妬五陵年少爭纏頭一
曲紅綃不知數鈿頭雲篦擊節碎血色羅裙飜酒汙今
年歡笑復明年秋月春風等閑度弟走從軍阿姨死暮
去朝來顏色故門前冷落鞍馬稀老大嫁作商人婦商人
重利輕別離前月浮梁買茶去去來江口守空船遶船月

明江水寒夜深忽夢少年事夢啼粧淚紅闌干我聞琵琶已歎息又聞此語重唧唧同是天涯淪落人相逢何必曾相識我從去年辭帝京謫居卧病潯陽城潯陽小處無音樂終歲不聞絲竹聲住近湓江地低濕黃蘆苦竹繞宅生其間旦暮聞何物杜鵑啼哭猿哀鳴春江花朝秋月夜往往取酒還獨傾豈無山歌與村笛嘔啞嘲哳難爲聽今夜聞君琵琶語如聽仙樂耳暫明莫辭更坐彈一曲爲君飜作琵琶行感我此言良久立却坐促絃絃轉急淒淒不似向前聲滿座重聞皆掩泣就中泣下誰最多江州司馬青衫濕

簡簡吟

蘇家小女名簡簡芙蓉花腮柳葉眼十一把鏡學點粧十二抽針能繡裳十三行坐事調品不肯迷頭白地藏玲瓏雲髻生菜樣飄飄風袖薔薇香殊姿異態不可狀忽忽轉動如有光二月

繁霜殺桃李明年欲嫁今年死丈人阿母勿悲啼此女不是凡夫妻恐是天仙謫人世只合人間十三歲大都好物不堅牢彩雲易散琉璃脆

花非花

花非花霧非霧夜半來天明去來如春夢幾多時去似朝雲無覓處

醉後狂言酬贈蕭殷二協律

餘杭邑客多羈貧其間甚者蕭與殷天寒身上猶衣葛日高甑中未拂塵江城山寺十一月北風吹砂雪紛紛賓客不見綈袍惠黎庶未霑襦袴恩此時太守自慚愧重衣複衾有餘溫因命染人与針女先製裘兩裘贈二君吴縣細軟桂布密柔如狐腋白似雲勞將詩書投贈我如此小惠何足論我有大裘君未見寛廣和煖如陽春此裘非繒亦非纊裁以法度絮以仁刀尺

鈍拙製未出畢亦不獨裹一身若今在郡得五考與君展
覆杭州人

醉歌 示妓人商玲瓏

罷胡琴掩秦瑟玲瓏再拜歌初畢誰道使君不解歌聽唱
黃雞與白日黃雞催曉丑時鳴白日催年酉前沒腰間紅綬
繫未穩鏡裏朱顏看已失玲瓏玲瓏奈老何使君歌了汝更歌

白氏文集卷第十二

白氏文集卷第十三

律詩 五言 七言 自兩韻至一百韻凡九十九首

代書詩一百韻寄微之

憶在貞元歲初登典校司身名同日授心事一言知 貞元中與微之同登科第

俱授祕書省校書郎始相識也肺腑都無隔形骸兩不羈疎狂屬年少閑散爲官卑分定金蘭契言通藥石規交賢方汲汲友直每偲偲有月多同賞無盃不共持秋風拂琴匣夜雪卷書帷高上慈恩塔幽尋皇子陂唐昌玉蘂會崇敬牡丹期唐昌觀玉蘂崇敬寺牡丹花時多與微之有期笑勸迂辛酒閑吟短李詩辛大丘度性迂嗜酒李二十紳形短能詩故當時有迂辛短李之号儒風愛敦質佛理尚玄師劉三十二敦質雅有儒風庾七玄師談佛理有可賞者度日曾無悶通宵靡不爲雙聲聯律句八面對宮碁雙聲聯句八面宮碁皆當時事往往遊三省騰騰出九逵寒銷直城路春到曲江池樹暖枝條弱山晴彩翠竒峯攢石綠點柳宛麴塵絲岸草煙鋪地園花雪壓枝早光紅照耀新溜碧逶迤幄幕侵堤布盤筵占地施徵伶皆絕藝選妓悉名姬鉛黛凝春態金鈿耀水嬉風流誇墜髻時世鬬啼眉貞元末城中復爲墜馬髻啼眉妝也密坐隨歡促華樽逐勝移香飄歌袂動翠落舞釵遺籌插紅螺椀觥飛白玉卮打嫌調笑易飲訝卷

波遲（拋打曲有調笑飲酒有卷白波）殘席諠譁散歸鞍酩酊騎酡顔烏帽側醉袖玉鞭垂紫陌傳鐘鼓紅塵塞路歧幾時曾蹔別何處不相隨荏苒星霜換迴環節候推兩衙多請假三考欲成資運偶千年聖天成萬物宜皆當少壯日同惜盛明時光景嗟虛擲雲霄竊闇窺攻文朝矻矻講學夜孜孜策目穿如札（時與微之結集策畧之目其數至百十）毫鋒銳若錐（時與微之各有纖鋒細管筆攜以就試相顧輒笑目爲毫錐）繁張獲鳥網堅守釣魚坻（謂自冬至夏頻改試期予與微之堅待制試也）並受夔龍薦齊陳晁董詞萬言經濟畧三道太平基中第爭無敵專場戰不疲輔車排勝陣掎角搴降旗（並謂同鋪席共筆硯）雙闕紛容衛千僚儼等衰（謂制舉人欲唱第之時也）恩隨紫泥降名向白麻披既在高科選還從好爵縻東垣君諫諍西邑我驅馳（元和年同登制科微之拜拾遺予授盩厔尉）再喜登烏府多慙侍赤墀（四年微之復拜監察予爲拾遺學士也）官班分内外遊處遂參差每列鵷鸞序偏瞻獬豸姿簡威霜凜冽衣彩繡葳蕤

正色摧強禦剛腸嫉喔咿常憎持祿位不擬保妻兒養勇期除惡輸忠在滅私下韝驚鳶雀當道懾狐狸南國人無怨東臺吏不欺（微之使東川奏冤八十餘家詔從而平之因分司東都）理冤多定國切諫甚辛毗造次行於是平生志在茲道將心共直言與行兼危水闇波翻覆山藏路險巇未為明主識已被倖臣疑木秀遭風折蘭芳遇霰萎千鈞勢易墜一柱力難支騰口因成痏吹毛遂得疵憂來吟貝錦謫去詠江蘺邂逅塵中遇殷勤馬上辭賈生離魏闕王粲向荊夷水過清源寺山經綺季祠心搖漢皐珮淚墮峴亭碑（此途中所經歷者也）驛路緣雲際城樓枕水湄思鄉多繞澤望闕獨登陴林晚青蕭索江平綠渺瀰野秋鳴蟋蟀沙冷聚鸕鷀官舍黃茅屋人家苦竹籬白醪充夜酌紅粟備晨炊寡鶴摧風翮鰥魚失水鬐暗雛啼渴旦涼葉隕相思（此四句兼含微之鰥居之思）一點寒燈滅三聲曉角吹藍衫經雨故驄馬臥霜羸念涸誰濡沫嫌醒自歠醨

耳垂無伯樂舌在有張儀負氣衝星劍傾心向日葵金言自銷鑠玉性肯磷緇伸屈須看蠖窮通莫問龜定知身是患當用道爲醫想子今如彼嗟予獨在斯無慘當歲杪有夢到天涯坐阻連襟帶行乖接履綦潤銷衣上霧香散室中芝念遠緣遷貶驚時爲別離素書三往復明月七盈虧自與微之別經七月三毋又得書舊里非難到餘歡不可追樹依興善老草傍靜安衰微之宅在靜安坊西近興善寺前事思如昨中懷寫向誰北村尋古栢南宅訪辛夷開元觀西北院即隋時龍村佛堂有古栢一株至今存焉微之宅中有辛夷兩樹常此與微之遊息其下此日空搔首何人共解頤病多知夜永年長覺秋悲不飲長如醉加飧亦似飢狂吟一千字因使寄微之

和鄭方及第後秋歸洛下閑居同高侍郎下隔年及第

勤苦成名後優遊得意間玉憐同匠琢桂恨隔年攀山靜豹難隱谷幽鶯暫還微吟詩引步淺酌酒開顏門迥暮臨水窻

深朝對山雲衢日相待莫悞許身閑

與諸同年賀座主侍郎新拜太常同宴蕭尚書亭子座主於蕭尚書下及第得羣字韻

寵新卿典禮會盛客徵文不失遷鸎侶因成賀鸞羣池臺晴間雪冠蓋暮和雲共仰曾攀處年深桂尚薰

東都冬日會諸同聲宴鄭家林亭得先字

盛時陪上第暇日會羣賢桂折應同樹鸎遷各異年賓階紛組珮妓席儼花鈿促膝齊貧賤差肩次後先助歌林下水銷酒雪中天他日昇沈者無忘共此筵

敘德書情四十韻上宣歙崔中丞宣州薦送及第後重投此詩

元聖生乘運忠賢出應期還將稽古力助立太平基土控吳兼越州連歙與池山河地襟帶軍鎮國藩維廉察安江甸澄清肅海夷股肱分外守耳目付中司楚老歌來暮秦人詠去

思望如時雨至福似歲星移政靜民無訟刑行吏不欺撝
謙驚士寵陰德畏人知白玉懃温色朱繩讓直辭行為時
領袖言作世著龜威幕招賢士連營訓銳師光華下鵷鷺氣
色動熊羆出入麾幢引登臨劒戟隨好風迎解榻美景待
搴帷晴野霞飛綺春郊柳宛絲城烏驚晝角江鴈避紅
旗藉草朱輪駐攀花紫綬垂山宜謝公屐洲稱柳家詩酒氣
和芳杜絃聲乱子規分毬齊馬首列舞匝蛾眉醉惜年
光晚歡憐日影遲迴塘排玉棹歸路擁金羈自顧龍鍾者
嘗蒙噢咻之仰山塵不讓涉海水難為身忝鄉人薦名因
國士推提攜增善價拂拭長妍姿射策端心術遷喬整羽
儀幸穿楊遠葉謬折桂高枝佩德潛書帶銘仁闇勒肌
飭躬趨館舍拜手挹階墀霄漢程雖在風塵迹尚卑敝衣羞
布素敗屋厭茅茨養乏晨昏膳居無伏臘資盛時貧可恥

壯歲病堪嗤擢第名方立躭書力未疲磨鉛重剸割策蹇再
奔馳相馬須憐瘦呼鷹正及飢扶搖重即事會有荅恩時

和渭北劉大夫借便秋遮虜寄朝中親友

巨鎮爲邦屏全材作國楨韜鈐漢上將文墨魯諸生豹虎
關西卒金湯渭北城寵深初受棨威重正揚兵陣占山河布
軍諳水草行夏苗侵虎落宵遁失蕃營雲隊攢戈戟風行
卷旆旌候空烽火滅氣勝鼓鼙鳴胡馬辭南牧周師罷北
征迴頭問天下何處有欃槍

題故曹王宅 宅在檀溪

甲第何年置朱門此地開山當賓閣出溪繞妓堂迴覆井桐
新長蔭窗竹舊栽池荒紅菡萏砌老綠莓苔捎館梁王去思
人楚客來西園飛蓋處依舊月徘徊

自江陵之徐州路上寄兄弟

歧路南將北離憂弟與兄關河千里別風雪一身行夕宿勞
鄉夢晨裝慘旅情家貧憂後事日短念前程煙鴈飜寒渚
霜烏聚古城誰憐陟岡者西楚望南荊

酬哥舒大見贈 去年与哥舒等八人同共登科第今敘會散之愁意

去歲歡遊何處去曲江西岸杏園東花下忘歸因美景樽前
勸酒是春風各從微宦風塵裏共度流年離別中今日相逢
愁又喜八人分散兩人同 何處去一作何處好

和談校書秋夜感懷呈朝中親友

遥夜涼風楚客悲清砧繁漏月高時秋霜似鬢年空長春
草如袍位尚卑詞賦擅名來已久煙霄得路去何遅漢庭卿
相皆知己不薦楊雄欲薦誰

感秋寄遠

惆悵時節晚兩情千里同離憂不散處庭樹正秋風鸎影動

歸翼蕙香銷故叢佳期與芳歲牢落兩成空

春題華陽觀 觀即華陽公主故宅有舊內人存焉

帝子吹簫逐鳳皇空留仙洞號華陽落花何處堪惆悵頭白宮人掃影堂

秋雨中贈元九

不堪紅葉青苔地又是涼風暮雨天莫怪獨吟秋思苦比君校近二毛年

城東閑遊

寵辱憂歡不到情任他朝市自營營獨尋秋景城東去白鹿原頭信馬行

答韋八

麗句勞相贈佳期恨有違早知留酒待悔不趁花歸春盡綠醅老雨多紅萼稀今朝如一醉猶得及芳菲

華陽觀桃花時招李六拾遺飲

華陽觀裏仙桃發把酒看花心自知爭忍開時不同醉明朝後日即空枝

和友人洛中春感

莫悲金谷園中月莫歎天津橋上春若學多情尋往事人間何處不傷人

送張南簡入蜀

昨日詔書下求賢訪陸沈無論能與否皆起徇名心君獨南遊去雲山蜀路深

寄陸補闕 前年同登科

忽憶前年科第後此時雞鶴暫同羣秋風惆悵須吹散雞在中庭鶴在雲

華陽觀中八月十五日夜招友翫月

人道秋中明月好欲邀同賞意如何華陽洞裏秋壇上今夜清光此處多

曲江憶元九

春來無伴閑遊少行樂三分減二分何況今朝杏園裏閑人逢盡不逢君

過劉三十二故宅

不見劉君來近遠門前兩度滿枝花朝來惆悵宣平過柳巷當頭第一家

下邽莊南桃花

村南無限桃花發唯我多情獨自來日暮風吹紅滿地無人解惜爲誰開

三月三十日題慈恩寺

慈恩春色今朝盡盡日徘徊倚寺門惆悵春歸留不得紫

藤花下漸黄昏

看渾家牡丹花戲贈李二十

香勝燒蘭紅勝霞城中最數令公家人人散後君須看歸到江南無此花

春中與盧四周諒華陽觀同居

性情懶慢好相親門巷蕭條稱作鄰背燭共憐深夜月踏花同惜少年春杏壇住僻雖宜病芸閣官微不救貧文行如君尚憔悴不知霄漢待何人

自城東至以詩代書戲招李六拾遺崔二十六先輩

青門走馬趁心期惆悵歸來已校遲應過唐昌玉蘂後猶當崇敬牡丹時暫遊還憶崔先輩欲醉先邀李拾遺尚殘半月芸香俸不作歸粮作酒資

盩厔縣北樓望山 自此後詩爲畿尉時作

一爲趨走吏塵土不開顔辜負平生眼今朝始見山

縣西郊秋寄贈馬造

紫閣峯西清渭東野煙深處夕陽中風荷老葉蕭條緑水蓼殘花寂寞紅我厭官遊君失意可怜秋思兩心同

别韋蘇

百年愁裏過萬感醉中來惆悵城西别愁眉兩不開

戲題新栽薔薇 時尉盩厔

移根易地莫憔悴野外庭前一種春少府無妻春寂寞花開將爾當夫人

酬王十八李大見招遊山

自憐幽會心期阻復愧嘉招書信頻王事牽身去不得滿山松雪屬他人

縣南花下醉中留劉五

百歲幾迴同酩酊一年今日最芳菲願將花贈天台女留取劉郎到夜歸

宿楊家

楊氏弟兄俱醉卧披衣獨起下高齋夜深不語中庭立月照藤花影上階

醉中留别楊六兄弟 三月二十日别

春初攜手春深散無日花間不醉狂别後何人堪共醉猶殘十日好風光

醉中歸盩厔

金光門外昆明路半醉騰騰信馬迴數日非關王事繫牡丹花盡始歸來

遊雲居寺贈穆三十六地主

亂峯深處雲居路共蹋花行獨惜春勝地本來無定主大

都山屬愛山人

和王十八薔薇澗花時有懷蕭侍御兼見贈

霄漢風塵俱是繫薔薇花委故山深憐君獨向澗中立一把紅芳三處心

再因公事到駱口驛

今年到時夏雲白去年來時秋樹紅兩度見山心有愧皆因王事到山中

期李二十文略王十八質夫不至獨宿仙遊寺

文略也從牽吏役質夫何故戀囂塵始知解愛山中宿千萬人中無一人

酬趙秀才贈新登科諸先輩

莫羨蓬萊鸞鶴侶道成羽翼自生身君看名在丹臺者盡是人間脩道人

過天門街

雪盡終南又欲春遥憐翠色對紅塵千車万馬九衢上迴首看山無一人

惜玉蕊花有懷集賢王校書起

芳意將闌風又吹白雲離葉雪辭枝集賢讎校無閑日落盡瑶花君不知

春送盧秀才下第遊太原謁嚴尚書

未將時會合且與俗浮沈鴻養青冥翮蛟潛雲雨心煙郊春別遠風磧暮程深墨客投何處并州舊翰林

長安送柳大東歸

白社羈遊伴青門遠別離浮名相引住歸路不同歸

送文暢上人東遊

得道即無著隨緣西復東貌依年臘老心到夜禪空山宿

馴溪虎江行慮水蟲悠悠塵客思春滿碧雲中

社日關路作

晚景函關路涼風社日天青巖新有鷰紅樹欲無蟬愁立驛樓上厭行官堠前蕭條秋興苦漸近二毛年

重到毓村宅有感

欲入中門淚滿巾庭花無主兩迴春軒窗簾幕皆依舊只是堂前欠一人

亂後過流溝寺

九月徐州新戰後悲風殺氣滿山河唯有流溝山下寺門前依舊白雲多

歎髮落

多病多愁心自知行年未老髮先衰隨梳落去何須惜不落終須變作絲

留別吳七正字

成名共記甲科上署吏同登芸閣間唯是塵心殊道性秋蓬常轉水長閑

除夜宿洺州

家寄關西住身爲河北遊蕭條歲除夜旅泊在洺州

邯鄲至除夜思家

邯鄲驛裏逢冬至抱膝燈前影伴身想得家中夜深坐還應說著遠行人

冬至夜懷湘靈

豔質無由見寒衾不可親何堪最長夜俱作獨眠人

感故張僕射諸妓

黃金不惜買蛾眉揀得如花三四枝歌舞教成心力盡一朝身去不相隨

遊仙遊山

闇將心地出人間五六年來人怪閑自嫌戀著未全盡猶愛雲泉多在山

見尹公亮新詩偶贈絕句

袖裏新詩十首餘吟看句句是瓊琚如何持此將干謁不及公卿一字書

長安閑居

風竹松煙晝掩關意中長似在深山無人不怪長安住何獨朝朝暮暮閑

早春獨遊曲江 時為校書郎

散職無羈束羸驂少送迎朝從直城出春傍曲江行風起池東暖雲開山北晴冰銷泉脈動雪盡草牙生露杏紅初坼烟楊綠未成影遲新度鴈聲澀欲啼鶯閑地心俱靜韶光眼

共明酒狂憐性逸藥効喜身輕慵慢踈人事幽棲遂野情迴看芸閣笑不似有浮名

祕書省中憶舊山

厭從薄宦校青簡悔别故山思白雲猶喜蘭臺非傲吏歸時應免動移文

涼夜有懷 自此後詩並未應舉時作

清風吹枕席白露濕衣裳好是相親夜漏遲天氣涼

送武士曹歸蜀 士曹即武中丞兄

花落鳥嚶嚶南歸稱野情月宜秦嶺宿春好蜀江行鄉路通雲棧郊扉近錦城烏臺陟岡送人羨别時榮

江南送北客因憑寄徐州兄弟書 時年十五

故園望断欲何如楚水吴山萬里餘今日因君訪兄弟數行鄉淚一封書

賦得古原草送別

離離原上草一歲一枯榮野火燒不盡春風吹又生遠芳侵古道晴翠接荒城又送王孫去萋萋滿別情

夜哭李夷道

逝者絕影響空庭朝復昏家人哀臨畢夜鏁壽堂門無妻無子何人葬空見銘旌向月飜

病中作 年十八

久爲勞生事不學攝生道少年已多病此身豈堪老

秋江晚泊

扁舟泊雲島倚棹念鄉國四望不見人煙江澹秋色客心貧易動日入愁未息

旅次景空寺宿幽上人院

不與人境接寺門開向山暮鐘鳴鳥聚秋雨病僧閑月隱雲

樹外螢飛廊宇間幸投花界宿暫得靜心顏

長安正月十五日

諠諠車騎帝王州覊病無心逐勝遊明月春風三五夜萬人行樂一人愁

過高將軍墓

原上新墳委一身城中舊宅有何人妓堂賓閣無歸日野草山花又欲春門客空將感恩淚白楊風裏一霑巾

寒食卧病

病逢佳節長歎息春雨濛濛榆柳色羸坐全非舊日容扶行半是他人力諠諠里巷踏青歸笑閉柴門度寒食

宿桐廬館同崔存度醉後作

江海漂漂共旅遊一樽相勸散窮愁夜深醒後愁還在雨滴梧桐山館秋

江樓望歸 時避難在越中

滿眼雲水色月明樓上人旅愁春入越鄉夢夜歸秦道路通
荒服田園隔虜塵悠悠滄海畔十載避黃巾

除夜寄弟妹

感時思弟妹不寐百憂生萬里經年別孤燈此夜情病容非
舊日歸思逼新正早晚重歡會羈離各長成

寒食月夜

風香露重梨花濕草舍無燈愁未入南鄰北里歌吹時獨倚
柴門月中立

感芍藥花寄正一上人

今日階前紅芍藥幾花欲老幾花新開時不解比色相落後
始知如幻身空門此去幾多地欲把殘花問上人

晚秋閑居

地僻門深少送迎披衣閑坐養幽情秋庭不掃攜藤杖閑踏梧桐黃葉行

秋暮郊居書懷

郊居人事少晝卧對林巒窮巷厭多雨貧家愁早寒葛衣秋未換書卷病仍看若問生涯計前溪一釣竿

爲薛台悼亡

半死梧桐老病身重泉一念一傷神手攜稚子夜歸院月冷房空不見人

途中寒食

路旁寒食行人盡獨占春愁在路旁馬上垂鞭愁不語風吹百草野田香 盡一本作絕

題流溝寺古松

煙葉葱蘢蒼麈尾霜皮駁落紫龍鱗欲知松老看塵壁死

却題詩幾許人

感月悲逝者

存亡感月一潸然月色今宵似往年何處曾經同望月櫻桃樹下後堂前

代鄰叟言懷

人生何事心無定宿昔如今意不同宿昔愁身不得老如今恨作白頭翁

自河南經亂關內阻飢兄弟離散各在一處因望月有感聊書所懷寄上浮梁大兄於潛七兄烏江十五兄兼示符離及下邽弟妹

時難年飢世業空弟兄羈旅各西東田園寥落干戈後骨肉流離道路中弔影分爲千里鴈辭根散作九秋蓬共看明月應垂淚一夜鄉心五處同

長安早春旅懷

軒車歌吹諠都邑中有一人向隅立夜深明月卷簾愁日暮青山望鄉泣風吹新緑草牙拆雨灑輕黃柳條濕此生知負少年春不展愁眉欲三十

寒閨夜

夜半衾裯冷孤眠懶未能籠香銷盡火巾淚滴成冰爲惜影相伴通宵不滅燈

寄湘靈

淚眼凌寒凍不流每經高處即迴頭遥知别後西樓上應凭欄干獨自愁

冬至宿楊梅館

十一月中長至夜三千里外遠行人若爲獨宿楊梅館冷枕單牀一病身

臨江送夏瞻（瞻年七十餘）

悲君老別我霑巾七十無家萬里身愁見舟行風又起白頭浪裏白頭人

冬夜示敏巢（時在東都宅）

爐火欲銷燈欲盡夜長相對百憂生他時諸處重相見莫忘今宵燈下情

客中守歲（在柳家莊）

守歲樽無酒思鄉淚滿巾始知為客苦不及在家貧畏老偏驚節防愁預惡春故園今夜裏應念未歸人

問淮水

自嗟名利客擾擾在人間何事長淮水東流亦不閑

宿樟亭驛

夜半樟亭驛愁人起望鄉月明何所見潮水白茫茫

及第後憶舊山

偶獻子虛登上第却吟招隱憶中林春蘿秋桂莫惆悵縱
有浮名也不繫心

題李次雲窻竹

不用裁爲鳴鳳管不須截作釣魚竿千花百草凋零後留
向紛紛雪裏看

花下自勸酒

酒盞酌來須滿滿花枝看即落紛紛莫言三十是年少百歲
三分已一分

題李十一東亭

相思夕上松臺立蛬思蟬聲滿耳秋惆悵東亭風月好主
人今夜在鄜州

春村

二月村園暖桑間戴勝飛農夫春舊穀蠶妾禱新衣牛馬
因風遠雞豚過社稀黃昏林下路鼓笛賽神歸

題施山人野居

得道應無著謀生亦不妨春泥秧稻暖夜火焙茶香水巷風
塵少松齋月長高閑眞是貴何處覓侯王

白氏文集卷第十三

白氏文集卷第十四

律詩 五言 七言 自兩韻至一百韻凡一百首

翰林中送獨孤二十七起居罷職出院

碧落留雲住青冥放鶴還銀臺向南路從此到人間

重尋杏園

忽憶芳時頻酩酊却尋醉處重徘徊杏花結子春深後
誰解多情又獨來

曲江獨行 自此後在翰林時作

獨來獨去何人識廐馬朝衣野客心閑愛無風水邊坐楊
花不動樹陰陰

同李十一醉憶元九

花時同醉破春愁醉折花枝作酒籌忽憶故人天際去計
程今日到涼州

同錢員外題絕粮僧巨川

三十年來坐對山唯將無事化人間齋時往往聞鐘笑一食
何如不食閑

絕句代書贈錢員外

欲尋秋景閑行去君病多慵我興孤可惜今朝山最好強能

騎馬出來無

晚秋有懷鄭中舊隱

天高風嫋嫋鄉思繞關河寥落歸山夢殷勤採蕨歌病添心寂寞愁入鬢蹉跎晚樹蟬鳴少秋階日上多長閑羡雲鶴久別愧烟蘿其奈丹墀上君恩未報何

禁中九日對菊花酒憶元九（元九云不是花中唯愛菊此花開盡更無花）

賜酒盈杯誰共持宮花滿把獨相思相思只傍花邊立盡日吟君詠菊詩

送王十八歸山寄題仙遊寺

曾於太白峯前住數到仙遊寺裏來黑水澄時潭底出白雲破處洞門開林間煖酒燒紅葉石上題詩掃綠苔惆悵舊遊無復到菊花時節羡君迴

荅張籍因以代書

憐君馬瘦衣裘薄許到江東訪鄙夫今日正閑天又暖可能扶病暫來無

曲江早春

曲江柳條漸無力杏園伯勞初有聲可憐春淺遊人少好傍池邊下馬行

見元九悼亡詩因以此寄

夜淚闇銷明月幌春腸遙斷牡丹庭人間此病治無藥唯有楞伽四卷經

寒食夜

無月無燈寒食夜夜深猶立闇花前忽因時節驚年幾四十如今欠一年

杏園花落時招錢員外同醉

花園欲去去應遲正是風吹狼藉時近西數樹猶堪醉半

落春風半在枝

重題西明寺牡丹 時元九在江陵

往年君向東都去曾歎花時君未迴今年況作江陵別惆悵花前又獨來只愁離別長如此不道明年花不開

同錢員外禁中夜直

宮漏三聲知半夜好風涼月滿松筠此時閑坐寂無語藥樹影中唯兩人

禁中夜作書與元九

心緒萬端書兩紙欲封重讀意遲遲五聲宮漏初明後一點窻燈欲滅時

八月十五日夜禁中獨直對月憶元九

銀臺金闕夕沈沈獨宿相思在翰林三五夜中新月色二千里外故人心渚宮東面煙波冷浴殿西頭鐘漏深猶恐清光不

同見江陵卑濕足秋陰

寄陳式五兄

年來白髮兩三莖憶別君時髭未生惆悵料君應滿鬢當初是我十年兄

庚順之以紫霞綺遠贈以詩答之

千里故人心鄭重一端香綺紫氛氳開緘日映晚霞色滿幅風生秋水文爲褥欲裁憐葉破製裘將翦惜花分不如縫作合歡被寤寐相思如對君

送元八歸鳳翔

莫道岐州三日程其如風雪一身行與君況是經年別暫到城來又出城

雨雪放朝因懷微之

歸騎紛紛滿九衢放朝三日爲泥塗不知雨雪江陵府今日

排徊得免無

詠懷

歲去年來塵土中眼看變作白頭翁如何辦得歸山計兩頃
村田一畝宮

聞微之江陵卧病以大通中散碧腴垂雲膏寄
之因題四韻

已題一帖紅消散又封一合碧雲英憑人寄向江陵去道路迢
迢一月程未必能治江上瘴且圖遥慰病中情到時想得君
拈得枕上開看眼暫明

酬錢員外雪中見寄

松雪無塵小院寒閑門不似住長安煩君想我看心坐報道
心空無可看

重酬錢員外

雪中重寄雪山偈問荅歌勸四句中本立空名緣破妄若
能無妄亦無空

獨酌憶微之 時對所贈盞

獨酌花前醉憶君與君春別又逢春惆悵銀杯來處重不曾
盛酒勸閑人

微之宅殘牡丹

殘紅零落無人賞雨打風摧花不全諸處見時猶悵望況當元
九小亭前

新磨鏡

衰容常晚櫛秋鏡偶新磨一與清光對方知白髮多鬢毛從
幻化心地付頭陀任意渾成雪其如似夢何

感髮落

昔日愁頭白誰知未白衰眼看應落盡無可變成絲

八月十五日夜聞崔大員外翰林獨直對酒翫月因
懷禁中清景偶題是詩
秋月高懸空碧外仙郎靜翫禁闈閒歲中唯有今宵好海
內無如此地閑皓色分明雙闕牓清光深到九門關遥聞獨
醉還惆悵不見金波照玉山

酬王十八見寄
秋思太白峯頭雪晴憶仙遊洞口雲未報皇恩歸未得慙君
爲寄北山文

立春日酬錢員外曲江同行見贈
下直過春日垂鞭出禁闈兩人攜手語十里看山歸柳色早
黃淺水文新綠微風光向晚好車馬近南稀機盡笑相顧不
驚鷗鷺飛

和錢員外青龍寺上方望舊山

舊峯松雪舊溪雲悵望今朝遥屬君共道使臣非俗吏南山莫動北山文

宴周皓大夫光福宅 座上作

何處風光最可憐妓堂階下砌臺前軒車擁路光照地絲管入門聲沸天緑蕙不香饒桂酒紅櫻無色讓花鈿野人不敢求他事唯借泉聲伴醉眠

晚秋夜

碧空溶溶月華静月裏愁人弔孤影花開殘菊傍疎籬葉下衰桐落寒井塞鴻飛急覺秋盡鄰雞鳴遲知夜永凝情不語空所思風吹白露衣裳冷

惜牡丹花二首 一首翰林院北廳花下作一首新昌竇給事宅南亭花下作

惆悵階前紅牡丹晚來唯有兩枝殘明朝風起應吹盡夜惜衰紅把火看

寂寞萎紅低向雨離披破豔散隨風晴明落地猶惆悵何況飄零泥土中

荅元奉禮同宿見贈

相逢俱歎不閑身直日常多齋日頻曉鼓一聲分散去明朝風景屬何人

荅馬侍御見贈

謬入金門侍玉階煩君問我意何如蟠木詎堪明主用籠禽徒與故人疎苑花似雪同隨輦宮月如眉伴直廬淺薄求賢思自代嵇康莫寄絕交書

上巳日恩賜曲江宴會即事

賜歡仍許醉此會興如何翰苑主恩重曲江春意多花低羞豔妓鶯散讓清歌共道昇平樂元和勝永和

夜惜禁中桃花因懷錢員外

前日歸時花正紅今夜宿時枝半空坐惜殘芳君不見風吹
狼藉月明中

和錢員外早冬翫禁中新菊

禁署寒氣遲孟冬菊初拆新黃間繁綠爛若金照碧仙
郎小隱心似陶彭澤秋憐潭上看日慣籬邊摘今來此地
賞野意潛自適金馬門内花玉山峯下客寒芳引清句吟翫
煙景夕賜酒色偏宜握蘭香不敵淒淒百卉死歲晚冰霜
積唯有此花開殷勤助君惜錢嘗居藍田山下故云

荅劉戒之早秋別野見寄

涼風木槿籬暮雨槐花枝併起新秋思爲得故人詩避地
鳥擇木升朝魚在池城中與山下喧靜闇相思

涼夜有懷

念別感時節早蛩聞一聲風簾夜涼入露簟早秋意生燈盡

夢初罷月斜天未明闇凝無限思起傍藥欄行

秋思

病眠夜少夢閑立秋多思寂寞餘雨晴蕭條早寒至鳥棲紅葉樹月照青苔地何況鏡中年又過三十二

禁中聞蛩

悄悄禁門閉夜深無月明西窻獨闇坐滿耳新蛩聲

秋蟲

切切闇窻下喓喓深草裏秋天思婦心雨夜愁人耳

贈別宣上人

上人處世界清淨何所似似彼白蓮花在水不著水性真悟泡幻行潔離塵滓修道來幾時身心俱到此嗟予牽世網不得長依止離念與碧雲秋來朝夕起

春夜喜雪有懷王三十二

夜雪有佳趣幽人出書帷微寒生枕席輕素封階墀坐罷楚絃曲起吟班扇詩明宜滅燭後淨愛褰簾時窻引曙色早庭銷春氣遲山陰應有興不卧待徵之

詶和元九東川路詩十二首十二篇皆因新境追憶舊事不能一一曲敘但隨而和之唯予與元知之耳

駱口驛舊題詩

拙詩在壁無人愛鳥汙苔侵文字殘唯有多情元侍御繡衣不惜拂塵看

南秦雪

往歲曾爲西邑吏慣從駱口到南秦三時雲冷多飛雪二月山寒少有春我思舊事猶惆悵君作初行定苦辛仍賴愁猨寒不叫若聞猨叫更愁人

山枇杷花二首

萬重青嶂蜀門口一樹紅花山頂頭春盡憶家歸未得低紅如解替君愁

棠如裙色碧綃淺花似芙蓉紅粉輕若使此花兼解語推囚御史定遠程

江樓月

嘉陵江曲曲江池明月雖同人別離一宵月光景潛相憶兩地陰晴遠不知誰料江邊懷我夜正當池畔望君時今朝共語方同悔不解多情先寄詩

山枝花

山郵花木似平陽愁殺多情驄馬郎還似昇平池畔坐低頭向水自看粧

江上笛

江上何人夜吹笛聲聲似憶故園春此時聞者堪頭白況

是多愁少睡人

嘉陵夜有懷 二首

露濕牆花春意深西廊月上半牀陰憐君獨臥無言語惟我知君此夜心

不明不闇朧朧月非暖非寒慢慢風獨臥空牀好天氣平明閑事到心中

夜深行

百牢關外夜行客三殿角頭宵直人莫道近臣勝遠使其如同是不閑身

望驛臺 三月三十日

靖安宅裏當窻柳望驛臺前撲地花兩處春光同日盡居人思客客思家

江岸棃

梨花有思緣和葉一樹江頭惱殺君最似孀閨少年婦白粧
素袖碧紗裙

荅謝家最小偏憐女 感元九悼亡詩因爲代荅三首

嫁得梁鴻六七年躭書愛酒日高眠雨蕭春園唯生草雪壓
朝厨未有煙身病憂來緣女少家貧忘却爲夫賢誰知厚
俸今無分枉向秋風吹紙錢

荅騎馬入空臺

君入空臺去朝往暮還來我入泉臺去泉門無復開鰥夫
仍繫職稚女未勝哀寂寞咸陽道家人覆墓迴

荅山驛夢

入君旅夢來千里閉我幽魂欲二年莫忘平生行坐處後堂
階下竹叢前

和元九與呂二同宿話舊感贈

見君新贈呂君詩憶得同年行樂時爭入杏園齊馬首潜過柳曲鬪蛾眉八人雲散俱遊宦七度花開盡别離聞道秋娘猶且在至今時復問微之

憶元九

眇眇江陵道相思遠不知近來文卷裏半是憶君詩

蕭員外寄新蜀茶

蜀茶寄到但驚新渭水煎來始覺珍滿甌似乳堪持翫況是春深酒渴人

寄上大兄已後詩在邽林居作

秋鴻過盡無書信病戴紗巾強出門獨上荒臺東北望日西愁立到黃昏

病中哭金鑾子小女子名

豈料吾方病翻悲汝不全臥驚從枕上扶哭就燈前有女誠

爲累無兒豈免怜病來纔十日養得已三年慈淚隨聲迸悲腸遇物牽故衣猶架上殘藥尚頭邊送出深村巷看封小墓田莫言三里地此别是終天

寄内

桑條初綠即爲别柿葉半紅猶未歸不如村婦知時節解爲田夫秋擣衣

病氣

自知氣發每因情情在何由氣得平若問病根深與淺此身應與病齊生

歎元九

不入城門來五載同時班列盡官高何人牢落猶依舊唯有江陵元士曹

眼暗

早年勤倦看書苦晩歲悲傷出淚多眼損不知都自取病
成方悟欲如何夜昏乍似燈將滅朝闇長疑鏡未磨千藥萬
方治不得唯應閉目學頭陀

得袁相書

穀苗深處一農夫面黑頭斑手把鋤何意使人猶識我就田
來送相公書

病中作

病來城裏諸親故厚薄親疎心總知唯有蔚章於我分深
於同在翰林時

感化寺見元九劉三十二題名處

微之謫去千餘里太白無來十一年今日見名如見面塵埃壁上
破窗前

遊悟眞寺迴山下別張殷衡

世緣未了住不得孤負青山心共知愁君又入都門去即是紅塵滿眼時

村居寄張殷衡

金氏村中一病夫生涯濩落性靈迂唯看老子五千字不蹋長安十二衢藥銚夜傾殘酒煖竹牀寒取舊氈鋪聞君欲發江東去能到茅菴訪別無

病中得樊大書

荒村破屋經年卧寂絕無人問病身唯有東都樊著作至今書信尚殷勤

開元九詩書卷

紅牋白紙兩三束半是君詩半是書經年不展緣身病今日開看生蠹魚

晝卧

抱枕無言語空房獨悄然誰知盡日卧非病亦非眠

夜坐

庭前盡日立到夜燈下有時坐徹明此情不語何人會時復長吁一兩聲

暮立

黃昏獨立佛堂前滿地槐花滿樹蟬大抵四時心揔苦就中腸斷是秋天

有感

絶絃與斷絲猶有却續時唯有衷腸斷無應續得期

答友問

似玉童顏盡如霜病鬢新莫驚身頓老心更老於身

村夜

霜草蒼蒼蟲切切村南村北行人絶獨出前門望野田月明

蕎麥花如雪

聞蟲

闇蟲喞喞夜緜緜況是秋陰欲雨天猶恐愁人暫得睡聲聲
移近卧牀前

寒食夜有懷

寒食非長非短夜春風不熱不寒天可憐時節堪相憶何況無
燈各早眠

贈內

漠漠闇苔新雨地微微凉露欲秋天莫對月明思往事損君顏
色減君年

得錢舍人書問眼疾

春來眼闇少心情點盡黃連尚未平唯得君書勝得藥開緘
未讀眼先明

還李十一馬

傳語李君勞寄馬病來唯著杖扶身縱擬強騎無出處却將牽與趁朝人

九日寄行簡

摘得菊花攜得酒遶村騎馬思悠悠下邽田地平如掌何處登高望梓州

夜坐

斜月入前楹迢迢夜坐情梧桐上階影蟋蟀近牀聲曙傍窗間至秋從簟上生感時因憶事不寢到雞鳴

村居 二首

田園莽蒼經春早籬落蕭條盡日風若問經過談笑者不過田舍白頭翁

早春 門閒仍逢雪厨寒未起煙貧家重寒落半為日高眠

雪散因和氣冰開得暖光春銷不得處唯有鬢邊霜

和夢遊春詩一百韻并序

微之既到江陵又以夢遊春詩七十韻寄予且題其序曰斯言也不可使不知吾者知知吾者亦不可使不知樂天知吾也吾不敢不使吾子知予辱斯言三復其旨大抵悔既往而悟將來也然予以爲苟不悔不寤則已若悔於此則宜悟於彼也反於彼而悟於妄則宜歸於眞也況與足下外服儒風内宗梵行者有日矣而今而後非覺路之返也非空門之歸也將安反乎將安歸乎今所和者其卒章指歸於此夫感不甚則悔不熟感不至則悟不深故廣足下七十韻爲一百韻重爲足下陳夢遊之中所以甚感者敘婚仕之際所以至感者欲使曲盡其妄周知其非然後返乎眞歸乎實亦猶法華經序火宅偈化城維摩經入婬舍過酒肆之義也微之微之予斯文也尤不可使

不知吾者知幸藏之爾云

昔君夢遊春夢遊仙山曲悦若有所遇似愜平生欲因尋昌蒲水漸入桃花谷到一紅樓家愛之看不足池流渡清泚草嫩蹋緑蘼門柳闇全低簷櫻紅半熟轉行深深院過盡重重屋烏龍卧不驚青鳥飛相逐漸聞玉珮響始辨珠履躅遥見窻下人娉婷十五六霞帔光抱明月蓮艶開初旭縹緲雲雨仙氛氳蘭麝馥風流薄梳洗時世寬裝束袖軟異文綾裾輕單絲縠裙要銀線壓梳掌金筐蹙帶纈紫蒲萄袴花紅石竹凝情都未語付意微相矚眉斂遠山青鬟低片雲緑帳牽翡翠帶被解鴛鴦襆秀色似堪飡穠華如可掬半卷錦頭席斜鋪繡腰褥朱脣素指匀粉汗紅綿撲心驚睡易覺夢斷魂難續籠委獨棲禽劒分連理木存誠期有感誓志貞無黷京洛八九春未曾花裏宿壯年徒自棄佳會應無復鸞歌

不重聞鳳兆從茲卜韋門女清貴裴氏甥賢淑羅扇夾花燈金
輦攢繡轂既傾南國貌遂坦東牀腹劉阮心漸忘潘揚意方
睦新修履信第初食尚書祿九醖備聖賢八珍窮水陸秦家
重簫史彥輔憐衛叔朝饌饋獨盤夜醪傾百斛親賓盛輝
赫妓樂紛曄煜宿醉纔解酲朝歡俄枕麴飲過君子爭令
甚將軍酷酩酊歌鷓鴣顛狂舞鴝鵒月流春夜短日下秋天速謝
傅隟奔光蕭娘風過燭全凋蕣花折半死梧桐秃闇鏡對孤
鸞哀弦留寡鵠淒淒隔幽顯冉冉移寒燠萬事此時休百身
何勴贖提攜小兒女將領舊姻族再入朱門行一傍青樓哭櫪
空無廄馬水涸失池鶩搖落廢井梧荒涼故籬菊儛茵上几閣
塵土生琴筑舞榭綴蟏蛸歌梁聚蝙蝠嫁分紅粉妾賣散倉
頭僕門客思傍徨家人泣咿噢心期正蕭索宦序仍拘跼懷策
入崤函驅車辭郟鄏逢時念既濟聚學思大畜端詳筮仕

著磨拭穿楊鏃始從讎校職首中賢良目一拔侍瑶墀再升
紆縞服誓酬君主寵願使朝庭肅密勿奏封章清明操憲牘
鷹鸇中病下豸角當邪觸糺謬靜東周申冤動南蜀危言詆
閽寺直氣忤鈞軸不忍曲作鉤能折為玉捫心無愧畏騰口
有謗讟只要明是非何曾虞禍福車摧太行路劒落酆城
獄裏漢問脩途荆蠻指殊俗謫為江府掾遣事荆州牧趨
走謁麾幢喧煩視鞭朴簿書常自領縲囚每親鞫竟日坐
官曹經旬曠休沐宅荒渚宫草馬瘦畬田粟薄俸等消毫
微官同桎梏月中照形影天際辭骨肉鶴病翅羽垂獸窮爪
才縮行看鬢間白誰勸杯中綠時傷大野麟命問長沙鵩
夏梅山雨漬秋瘴江雲毒巴水白茫茫楚山青蔟蔟吟君七十
韻是我心所蓄既去誠莫追將來幸前勗欲除憂惱病當
取禪經讀須悟事皆空無令念將屬請思遊春夢此夢何

閃倏艷色即空花浮生乃焦穀良姻在嘉偶頃剋為單獨入
仕欲榮身須臾成黜辱合者離之始樂兮憂所伏愁恨僧祇
長歡榮刹那促覺悟因傍喻迷執由當局膏明誘闇蛾陽
炎奔癡鹿貪為苦聚落愛是悲林麓水蕩無明波輪迴死生
輻塵應甘露灑垢待醍醐浴障要智燈燒魔須慧刀戮外
熏性易染內戰心難衄法句與心王期君日三復微之常以法句及心王頭陀經相示故申言以卒其志也

王昭君二首 時年十七

滿面胡沙滿鬢風眉銷殘黛臉銷紅愁苦辛勤顦顇盡如
今卻似畫圖中

漢使卻迴憑寄語黃金何日贖蛾眉君王若問妾顏色莫道不
如宮裏時

白氏文集卷第十四